醫生哪有這麼萌

Nikumon的實習生活全紀錄

遠流出版公司

目錄

Contents

刺青哥外傳

萌×堯

250

作／者／序

Author Preface

這是一本閒書，灌入我的信念，想要帶給大家一些東西。

一直以來，伴隨我的就是畫畫。沒有學過畫畫的我，不是父母不給機會，而是我自願放棄被人帶著走的學習方式。喜歡的東西就不需要任何帶有壓力的成分，學習的方向由自己掌握，遇到瓶頸就自己研究。對我而言靈感是感動，觀察生活之中的感動，並且記住所有遇過的感動，創作的時候，這些感動就會自動在適當的時機衝擊我的情緒。相信自己喜歡的叫做風格，發現別人沒發現的是創意。感動、風格、創意，構築了我的創作。

要用幽默包裝醫學，本來就是挑戰。身為醫療人員，我理應比其他人知道台灣醫病關係的緊張，於是在經營粉絲團的過程中，每張作畫的小故事都是經過深思熟慮，多次思考分寸的拿捏，為的是在幽默與真實間取得平衡，傳達理念又不至於太像說教。但是這半年下來，我了解到這太天真了，每個讀者都會有自己的人生經驗，因此對同一件事情都會產生不同的解讀。我應該學習的不應當是如何迎合每一個人，而是在需要真實的部分傳達真實。

醫院日常擁有我的幽默，短篇漫畫融合我的人生觀，插畫藏著我的感情。這些都是我。人生說長不長說短不短，如果沒有想做的事感覺這一輩子就很長，如果有想做的事就很短。我喜歡畫畫，而你呢？我相信你也有自己喜歡的東西，一起來找到自己人生喜歡的東西吧。我們都是凡人，可是我們都可以選擇把日子活得很精彩，這不就是人生有趣的地方嗎？哈哈！

2015.3.29

14th

Forever

晨曦

我相信靈魂
那是一個平行世界
我們共用這個空間
共用這個時間

所以與自然共存

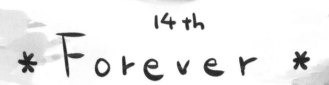

實習醫生的日常

在醫院實習，除了實地演練在課堂上學到的知識和技術，不同的科別有不同「眉角」，還要學習、適應醫院的行政工作、與病人及病人家屬溝通，預習當上正式醫師後可能遇到的狀況，提早鍛鍊心臟強度。

-1-
值班大小事
nikumon

醫院的實習生活巨觀來看其實很乏味，但因為工作需要面對人，而人是構成故事的元素，會讓工作變得很有故事。實習是學習與工作並行的日子，每間醫院的規定不一樣，以我待過的醫院來說，一個科別實習的時間是兩個禮拜，要把該科學習到紮實得跟專科醫師一樣，當然有一定的難度。實習就像是一個體驗，藉由實習的日子去選擇自己未來想深造的科別。於是，我們這些實習醫師會旋風式來到某一個科，短時間內要進入狀況，然後短短的兩個星期就過了，又旋風般離開原本的工作環境。這樣的制度有時候會讓人覺得疲累，但其實可以磨練自己熟悉環境的能力。短時間內摸清楚該科的工作環境、自己上司的工作習慣、病人的性質、如何與其他醫護人員合作。在換科期間，我們常常有交班工作，把自己手上的病人資料報給下一位要來實習的同伴，確保他知道病人狀況；當然也會交班自己主治的各種習慣、查房時間，學長姊對於實習醫師的友善程度。這些都是身在醫院這個大機器裡，一顆小螺絲釘的生存法則啊（笑）。

這一篇章裡我畫了許多可以明確看出是什麼科別的小漫畫，讓大家可以更貼近知道實習醫生與其他醫師們的生活究竟是什麼樣子。

未知

我們學校與實習醫院其實只差一個隧道，
但就是兩個世界。
在穿過隧道前，
我們永遠不知道，
隧道的另一端是什麼世界。

這是一幅我實習前畫的圖。
我承認當時非常焦慮，
於是在蓊鬱的隧道後，
加上了美麗的白雲，
勉勵我自己。
未來是一個豐富美麗的世界，
即便遙遠，
但不要害怕。

代表即將進到醫院實習的我們,
代表不再是書本裡的世界,
而是真真實實接觸到人體。

危險與尊嚴,
我們因我們的專業而起飛。

Run,Run,Run

加袍典禮對醫學系的同學是一個里程碑。
披上白袍的那一刻，
除了學生之外又多了新的身分。

住院醫師

❶ 終於沒空去剪頭髮。

❷ 由於正式成為醫院約聘的醫師，服裝要保持整潔。

❸ 負責照顧住院病人。

❹ 身上道具越來越多，挑戰口袋容納極限。

❺ 能從意想不到的地方掏出道具。

❻ 黑眼圈症狀達到巔峰。

主治醫師

❶ 長版醫師袍。

❷ 醫院運作主力。

❸ 身旁常跟有住院醫師或專科護理師。

來認識醫生層級吧

見習醫學生

1. 剛踏進醫院，偶爾回學校上課。
2. 不常接觸臨床工作，可以穿搭時尚配件，也不怕被弄髒。
3. 之前看到某學妹穿裙子加圍巾，差點以為是來醫院外拍的嫩模。

實習醫學生

1. 正式進入臨床，終於沒空戴隱形眼鏡。
2. 公務手機放在身體最敏感的地方。
3. 捲袖子，鞋子以方便久站的為主。
4. 口袋塞滿醫療用品和書。
5. 黑眼圈症狀輕微。

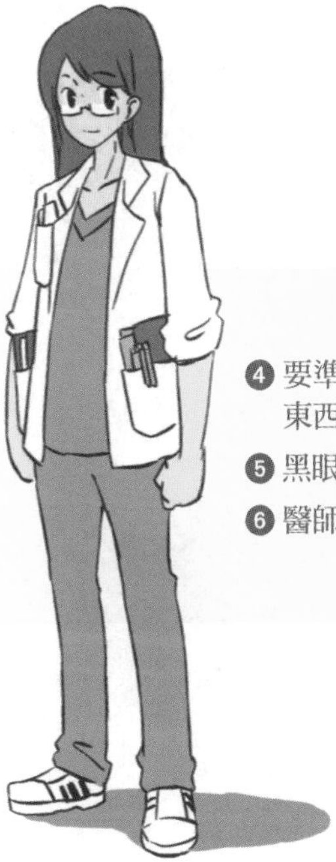

總醫師

1. 住院醫師的頭頭，負責病房和行政事務。
2. 病房事務完全得心應手。
3. 全天值班服，醫院就是我家。
4. 要準備專科醫師考試，口袋的東西換成該科的書本居多。
5. 黑眼圈已和膚色融為一體。
6. 醫師服偏黃。

指引也是工作

醫學中心占地大，建在山坡地上，結構更是複雜。
這棟的 2F 是那棟的 1F。
剛來的菜鳥總是在迷路上花了不少時間，
是否能明確指路，代表資歷的深淺。

公務手機

值班時，公務手機的鈴聲是惡夢。
你永遠不知道那頭的病人會出什麼事，也不知道自己有沒有辦法處理。

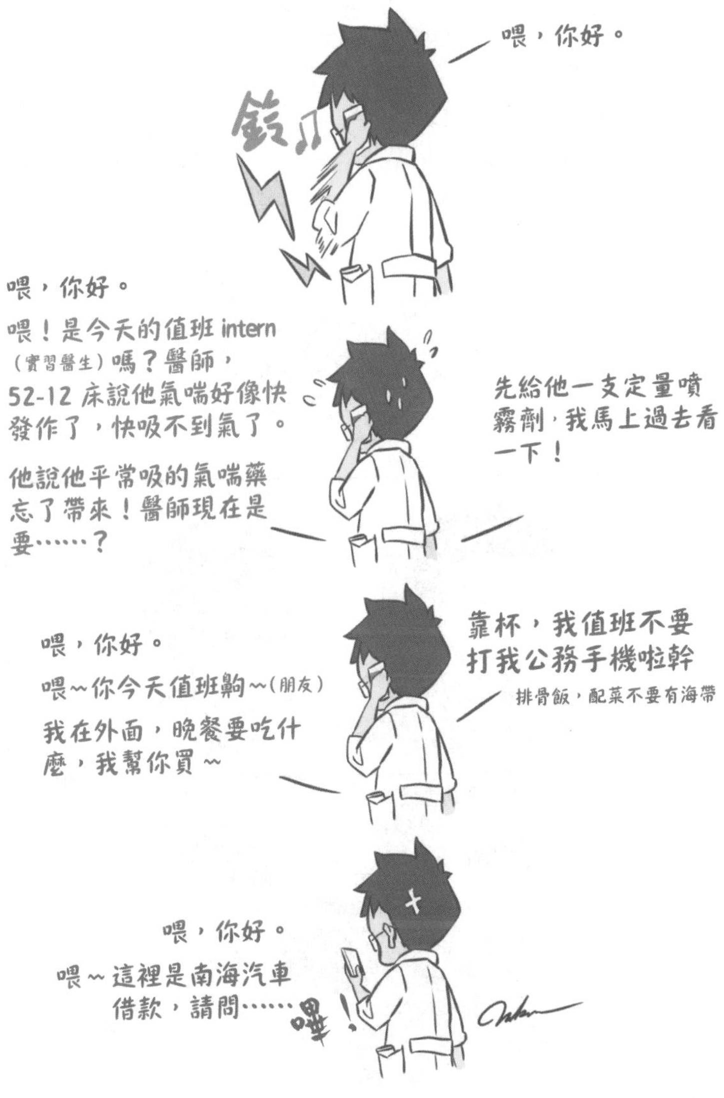
喂，你好。
鈴♫
喂，你好。
喂！是今天的值班 intern（實習醫生）嗎？醫師，52-12 床說他氣喘好像快發作了，快吸不到氣了。
他說他平常吸的氣喘藥忘了帶來！醫師現在是要……？
先給他一支定量噴霧劑，我馬上過去看一下！
喂，你好。
喂~你今天值班齁~（朋友）
我在外面，晚餐要吃什麼，我幫你買~
靠杯，我值班不要打我公務手機啦幹
排骨飯，配菜不要有海帶
喂，你好。
喂~這裡是南海汽車借款，請問……
嗶！

打針別緊張

病人害怕打針，其實我們實習醫生也很怕打針。

蕭一針

到底會不會打啊？
針打這麼久都還沒打上！
叫厲害一點的
人過來！
蕭學姐……
沒關係，
多練就會了。
看我示範一次。
沒有一針不上的道理，
江湖上，
人稱「蕭一針」。

據說失眠會傳染

值班的狀況經常是……

處理完病人的失眠後……

換自己失眠

醫師值班為何辛苦

所謂的值班就是
連續工作兩天吶

第一天
值　班
第二天

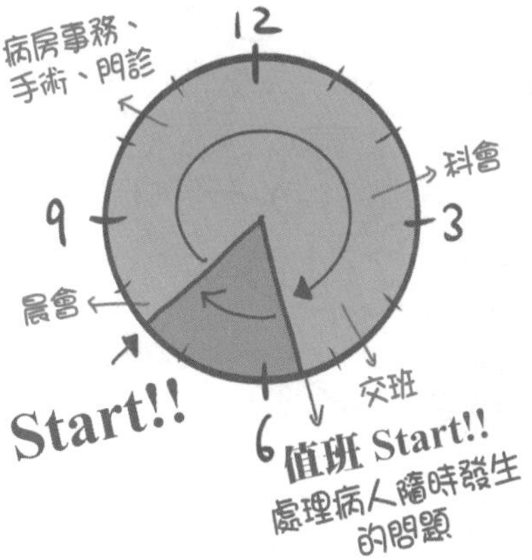

12
病房事務、
手術、門診
科會
9
3
晨會
Start!!
交班
6
值班 Start!!
處理病人隨時發生
的問題

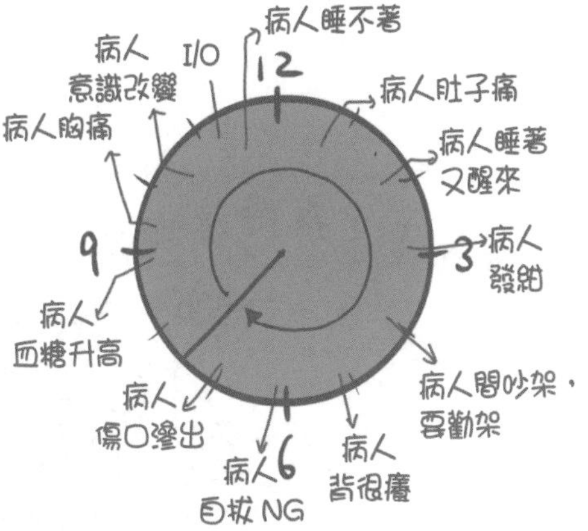

病人睡不著
病人
意識改變
I/O
12
病人肚子痛
病人胸痛
病人睡著
又醒來
9
3
病人
發紺
病人
血糖升高
病人間吵架，
要勸架
病人
傷口滲出
病人6
自拔 NG
病人
背很癢

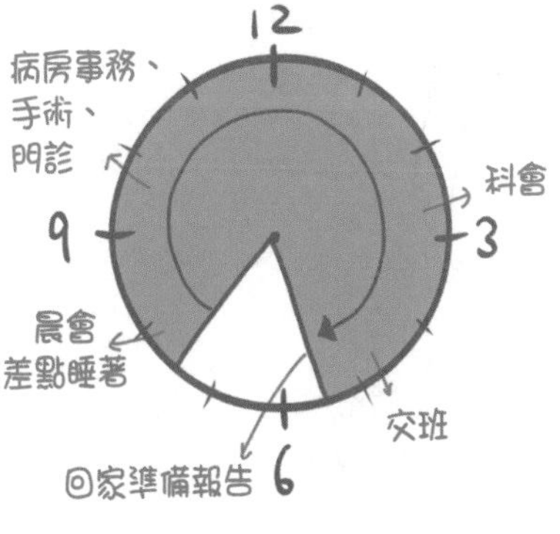

12
病房事務、
手術、
門診
科會
9
3
晨會
差點睡著
交班
回家準備報告
6

啊啊……
太陽又升起啦……
入定
Nikumon

值班後症候群

同理心通常在人沒睡飽時，
會先溜回去補眠吶……

經過測量，
值班隔天早上再上班的醫師，
腦筋跟酒醉的人一樣不清醒。

很多人不清楚醫師值班的狀況。簡而言之，值班不是輪班，不是上八個小時的班。簡述值班的一天，早上七點半開始上班，下午五點半下班後，開始值班，途中工作量不一定，端看病房的病人嚴重程度，或是刀房的開刀量。沒事情的話就把握時間休息，最慘的情況就是忙碌整晚。一路忙到隔天早上八點值班結束，再接著上班，上到下午五點半才算下班，也就是連續三十六小時的工時吶。常常值班隔天又去幫病人換藥時，病人總是很驚訝，一臉「怎麼又是你，都不用睡覺嗎」（其實有睡啦，沒事情就趕快睡覺）。但是問題就出在，有些科人力不足，每三天值一次班，於是日子就變成值班前、值班中、值班後，整個月有三分之二的日子，不是剛補完眠就是精神不濟。我曾經值班隔天昏昏沉沉，差點搞錯要放鼻胃管的病人。雖然不能說絕對，但很多醫療失誤搞不好是睡眠不足造成的，畢竟連續工作二十四小時之後，有誰能保持平常應有的專注力呢？

很多人都會抱怨一些醫生經常臭臉，其實臭臉只是太想睡覺，沒有力氣做表情。相較於無法和顏悅色，其實更恐怖的、更嚴重的問題是睡眠不足會消磨同理心與耐心。

睡眠不足造成的脾氣暴躁常常會覺得病人的任何一句話都是故意找麻煩。有這樣的心態很不好，既然走上行醫這條路，就要告訴自己有失也有得，調整心態才是上策。另外還要練好強健的體魄來應對長時間的工作啊（笑）。

餘命

如果生命變成不能自我掌握，
那不如死去前往另一個世界。
於是我很害怕，
擁有延長生命的權力。

無中舞

無，筆劃很多很複雜的字

用很多東西解釋沒有東西
跟人生一樣

我知道錯了

欸~
學弟你在吃水果啊，
自己帶的嗎？
08 床的家屬送的
嚼嚼
正拍！

學姊……
為什麼打我……
（嚼嚼 T^T）
反拍！

病人還在住院時，
我們不要吃家屬
送的東西。只
要一吃，病
人的病情通
常會瞬間惡
化。
不要不信邪。吐完
了嗎？不然我要
哈姆立克囉！

每個醫生都有屬於自己的字

很多醫生字都很醜……

實習醫生，你知道
陳主任這張病歷上
在寫啥嗎？
字這麼潦草，可是我
想你應該看得懂吧？
我……我
看不懂……
好厲害，
比我的還醜
nikumon

但醫生的字醜，
其實是無法互相溝通的吶！^q^

學姊，我陪你

咦？學姊在吃中藥？
喔，對啊！當住院醫師後，體力越來越差了。
吃中藥調養身體。
學弟啊……
趁有空時多練身體，一般的體力會不夠用喔。
好！
今晚又要值班了，來去交班。

只有白袍光環沒有症候群

【醫院裡】
抓抓
醫生哥哥在跟你問好~你要說什麼~
【街上】
抓抓
呃……
先生請問有什麼事嗎？
I'm fine.
穿
我超級 fine

醫院評鑑

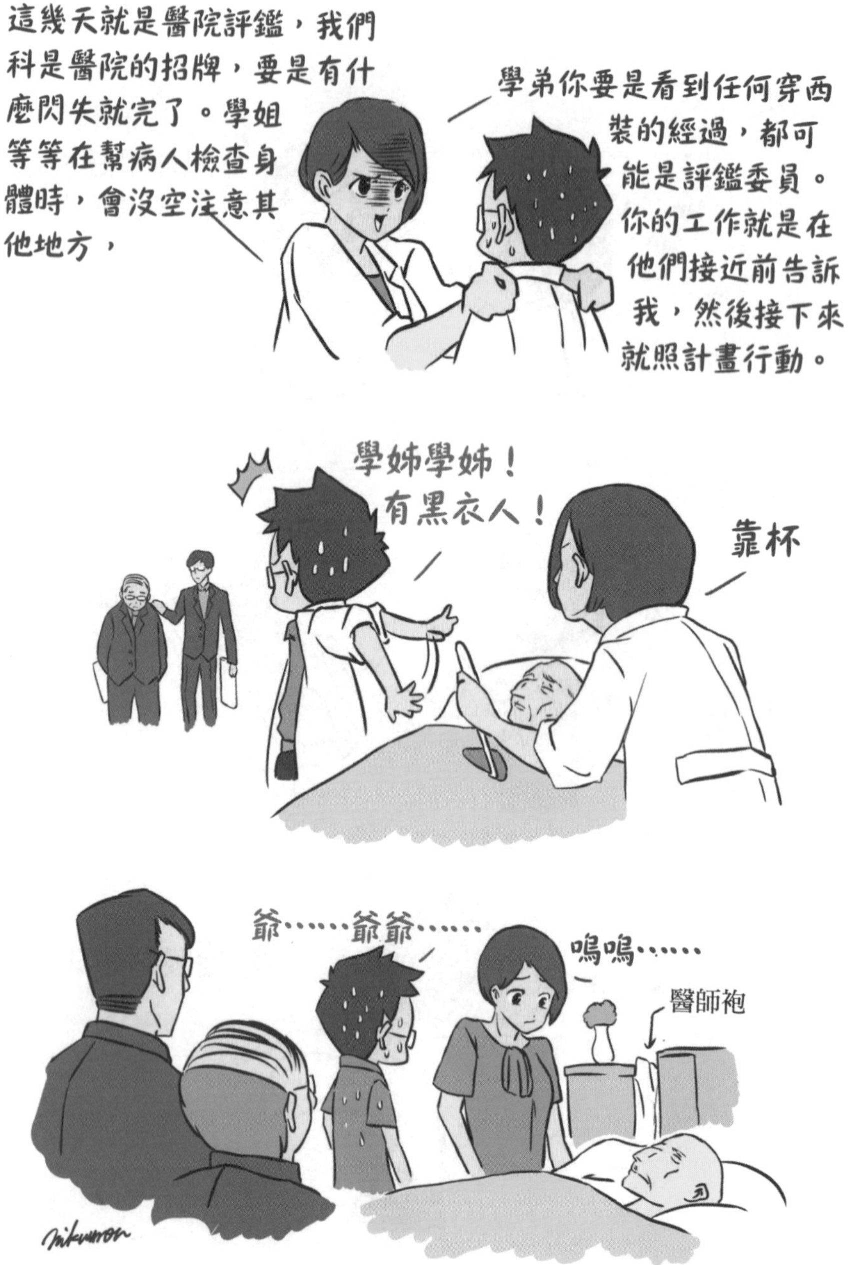
這幾天就是醫院評鑑，我們科是醫院的招牌，要是有什麼閃失就完了。學姐等等在幫病人檢查身體時，會沒空注意其他地方，
學弟你要是看到任何穿西裝的經過，都可能是評鑑委員。你的工作就是在他們接近前告訴我，然後接下來就照計畫行動。
學姊學姊！有黑衣人！
靠杯
爺……爺爺……
嗚嗚……
醫師袍
mikumon

醫院評鑑結束了嗎？

我今天被評鑑委員抓到！他竟然考我聽診器的英文，還有全世界第一張X光照片是照誰！太賤了！！
是那個黑西裝老頭嗎？還好我今天跟學姊裝成病患家屬。
被藏在醫師室的實習醫生們
WC
嘩啦嘩啦
結果我一時答不出來，他還……
WC
WC
nikumon

緣木求魚

化簡為繁是迷信
化繁為簡是信仰

大體解剖課

【第一次見面】

（敬而遠觀）

那個……
你先研究好了……
我可以在旁邊看
這些是剛剛教的
橈側什麼肌的？
鞠躬
（盯）
（指）
嗯……
（思考）

【考試前一天】

（不顧一切）

肋骨的必考題，
口訣：V.A.N!!
腳底的肌肉、
肌腱很容易忘，
多看幾次。
Celiac trunk
……
上腸繫膜
動脈……
鞠躬
（握）
（拿）

醫學生的回憶：寄生蟲學

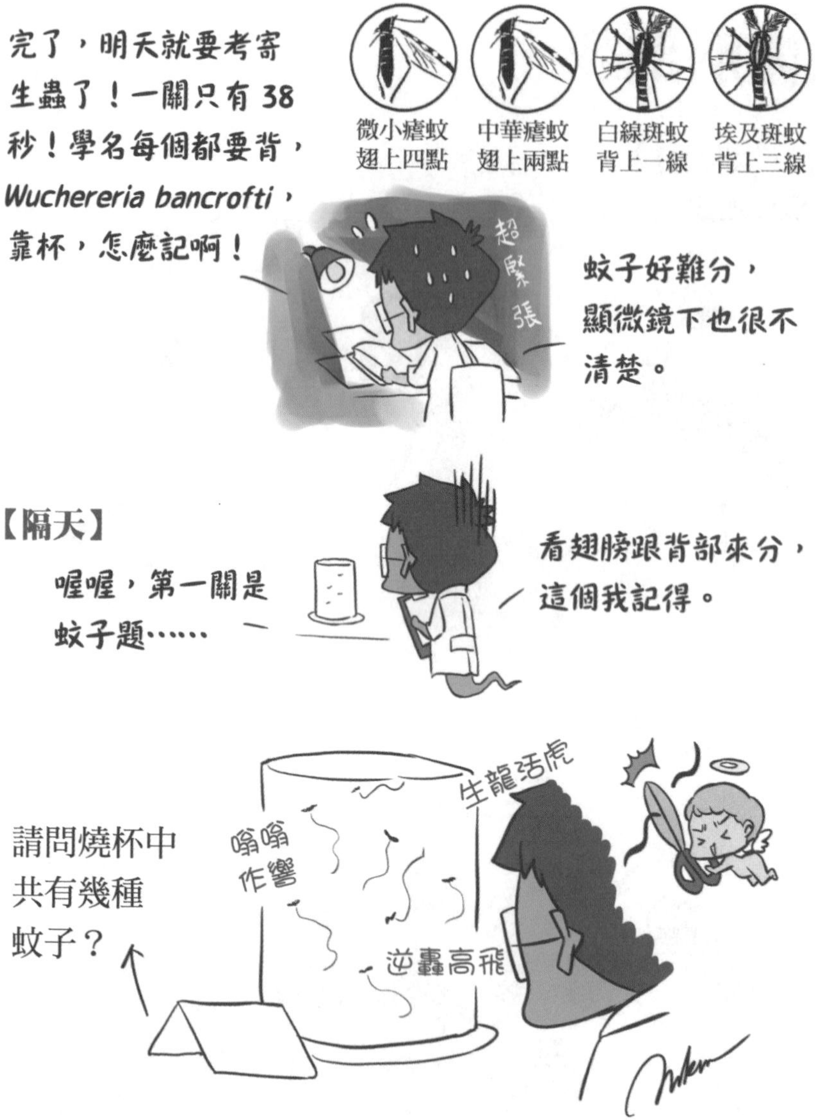
完了，明天就要考寄生蟲了！一關只有38秒！學名每個都要背，Wuchereria bancrofti，靠杯，怎麼記啊！
微小瘧蚊
翅上四點
中華瘧蚊
翅上兩點
白線斑蚊
背上一線
埃及斑蚊
背上三線
超緊張
蚊子好難分，顯微鏡下也很不清楚。
【隔天】
喔喔，第一關是蚊子題……
看翅膀跟背部來分，這個我記得。
生龍活虎
嗡嗡作響
逆轟高飛
請問燒杯中共有幾種蚊子？

班氏絲蟲（*Wuchereria bancrofti*）是一種微小、線狀的寄生蟲，全世界的熱帶地區都很常見，會經由病媒叮咬而進入人體，人體感染後會引起血絲蟲病，又稱象皮病。（資料參考：衛生福利部疾病管制署網站）

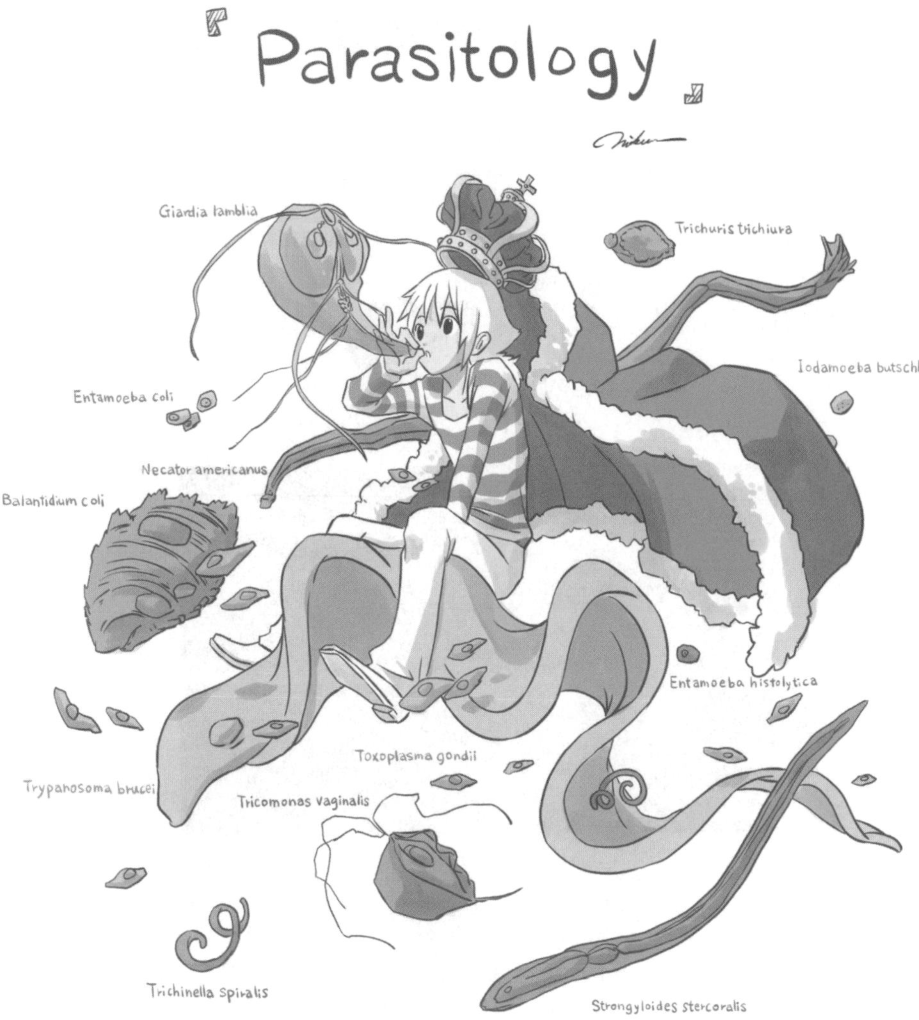

寄生蟲王子

這是由我最敬愛的學姊——頓姊所設計的角色。寄生蟲學可以說是每個醫學生的惡夢，每隻寄生蟲的每個階段，寄主、引發疾病，都是考題。學名考驗腦容量，一次考試就是超過四、五十個學名要記，拼字要一字不差。你問我現在圖中的寄生蟲還記得哪些，抱歉，我全忘了哈哈。
畫家的工作是什麼呢？賦予超越真實性的美麗。

原來這就是殺氣

學長！可以幫我簽名嗎？
我特地去印一張圖當簽名板。
簽這裡簽這裡！
這裡特別空
喔喔好啊！
靠！你也太用心！
學弟的手
見習醫學生
實習醫學生
住院醫師
總醫師
主治醫師
主任
簽名
我的手
也太適合了吧，
哈哈哈哈
超剛好，
哈哈
哈哈
哈哈
哈
哈哈
哈
哈哈哈
哈哈哈
主任

Start line

有時候就只差第一步

很多事情都是自己嚇自己呢

實習醫生的日常

實習醫生的養成路上需要前輩的細心叮嚀與指導，各科的學長學姊有不同的行醫風格，對實習醫生來說是很重要的學習對象。

-2- 我的學長姐好神

每個職業都會有自己的個性，醫生也有屬於醫生的個性。有趣的是不同科別的個性也相當迥異。醫院裡常常會有聯合討論會，集合各科專家針對不同案例，提出各自的建議與檢討，常常可以看到內科、外科、放射科、病理科等齊聚一堂。從爭辯一個案例的處置方法，就能明顯看出各科人的個性，身為實習醫師的我很喜歡在後頭觀察這個現象。醫學雖然對處置大都有定論與通則，但大準則為幹，臨床的彈性應變為枝，病人的差異為葉，醫療這棵大樹會衍生出各種差異做法，所以才有人說醫學是門藝術。每個科的工作環境都需要不同的特質，才會塑造出不同的醫生，這就是我們實習醫師在實習階段需要認識的。去認識這些特質，看看是不是與自己符合，成為未來選科的方向之一。倒是實習醫生常常會聽到學長姐說：

「學弟你看起來就是XX科的，以後是不是要走這個科啊？」

而我最常聽到的則是：

「學弟看起來好像漫畫家，你以後還是當漫畫家吧。」

醫師分為主治醫師、總醫師、住院醫師、實習醫師，以及見習醫學生，輩分在我們之上的都稱學長姊或老師。學長姊或主治醫師在我們實習的過程中，都是很重要的存在。

醫療是個團隊，每個人各司其職，除了共同完成醫療事務外，前輩也有教學的義務。整體而言，有種母雞帶小雞的感覺啊哈哈！遇到能力範圍無法處理的狀況時，向上級詢問及求救是被再三叮嚀，一定要做的事情，所以常常都可以看到學長姊帥氣登場救援的橋段，總是讓菜鳥的我們好崇拜啊！

出發

人生最低潮時，
那位傷了我很深很深的人告訴我：
要往前走，
要重新出發。

誰都可以告訴我這句話，
但就你不行。
從心揚起的那個黑色漩渦，
讓我越黑暗時，
創作越明亮。

沒有人可以救我，
只有我自己。
於是我會持續畫下去。

高效率辨識醫生科別之1

皮膚科

眼妝
髮絲柔軟
粉底
學弟，論文要查6篇以上喔♥

內科

劉海自己剪
黑眼圈
學弟，胰臟炎的原因有哪些？
（ABCDE TIPS啊！）
綁馬尾才方便
瘦瘦的卻身經百戰

外科

短髮，脫戴手術帽方便
always不耐
霸氣
學弟，你沒開過疝氣手術?!

小兒科

學弟，沒人告訴你要先看過Nikumon的〈小兒科〉再來實習嗎？
另外，裡面的女主角就是我。

學姊……
妳的畫風好像變了……

高效率辨識醫生科別之 2

小兒科

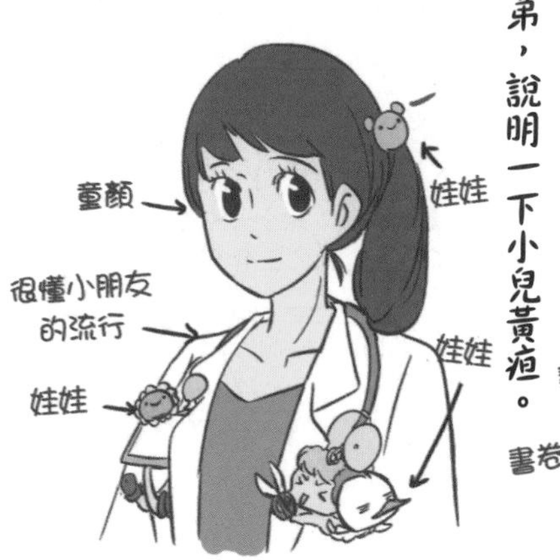

復健科

急診

放射科

學長

到新的一科實習，工作量取決於學長分配多少工作給我。

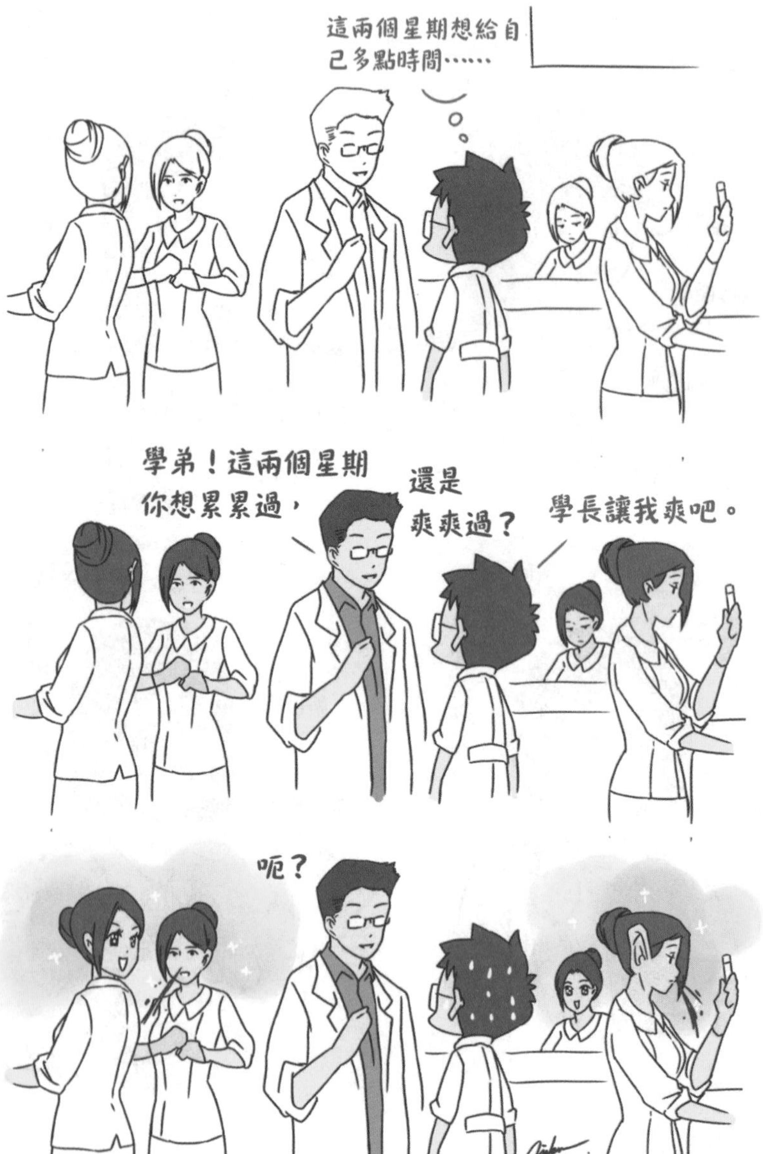
這兩個星期想給自己多點時間……
學弟！這兩個星期你想累累過，
還是爽爽過？
學長讓我爽吧。
呃？

半夜急診開刀

學弟不好意思啦！半夜還把你挖起來，闌尾炎急診刀啊。
你知道大半夜開一台闌尾炎，我可以領到多少錢嗎？
嗯……啊……喔哼嗯……
還沒醒
398元啦!!
哈哈哈
是他媽的新台幣，不是美金喔！
哈哈哈
哈哈哈
哈哈哈
那你知道為什麼我不找住院醫師一起開，要找你？
霹靂卡霹靂啦啦波波莉娜貝貝魯多
還是沒醒
因為找住院醫師，398就要再除以2了啦！
哈哈哈哈
等等下刀要不要去吃薑母鴨？我請客！只能點到398元喔，學弟。
哈哈哈！
實習醫師薪水另外算

吃飽即戰力

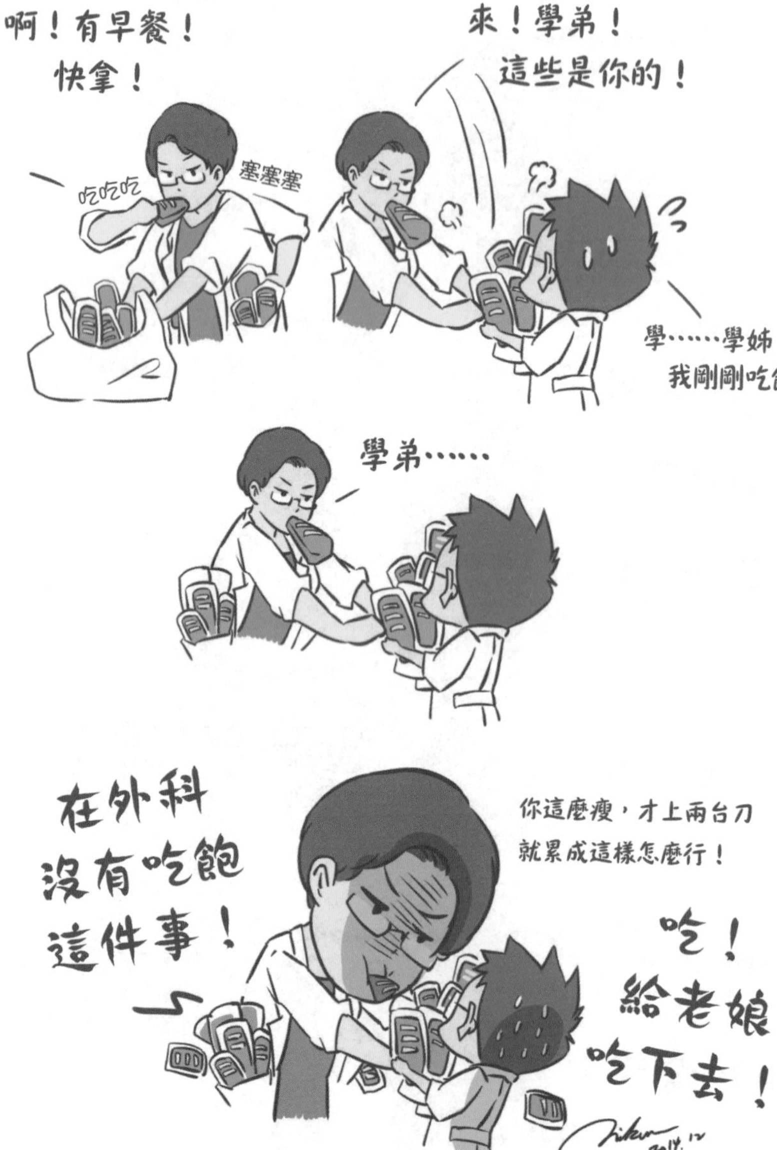

啊！有早餐！
快拿！
吃吃吃
塞塞塞
來！學弟！
這些是你的！
學……學姊，
我剛剛吃飽了。
學弟……
在外科
沒有吃飽
這件事！
你這麼瘦，才上兩台刀
就累成這樣怎麼行！
吃！
給老娘
吃下去！
2014.12

刀房裡真心話

學長，今天有學弟在，
要克制點。
學弟，外科其實
不是你想像的那
樣喔。
那我們這台刀
開始。
幹！出血點在這啦！
靠杯！爛成這樣！
Suction！
幹！快點！
學弟，這條就是輸尿管，
要小心避開。
拎老師！
不是這個啦！
幹！
幹！
小心不要
弄斷！
靠腰！
學弟，剛剛我說輸尿管是哪一條，
你要不要指一次給我看？

疾病與考題

疾病就像死神變成面具戴在患者臉上，出考題考我們。治好了，就是答對了。

但是許多疾病就算下對診斷，也會遇到無法治療的時候，就像無解的題目。
死神會帶走生命，
變成另一張面具，出考題繼續考我們。

我們一生就是不斷考試。像我做肝病末期，題目都好難，病患又是單身榮民居多，
要說我現在身後跟著一排已故的榮民大哥，我也不覺得意外。
老師您不要笑著講畫面這麼鮮明的話啊。

開刀台上的誘惑

不管哪種肉，烤焦的味道都差不多

兒科門診

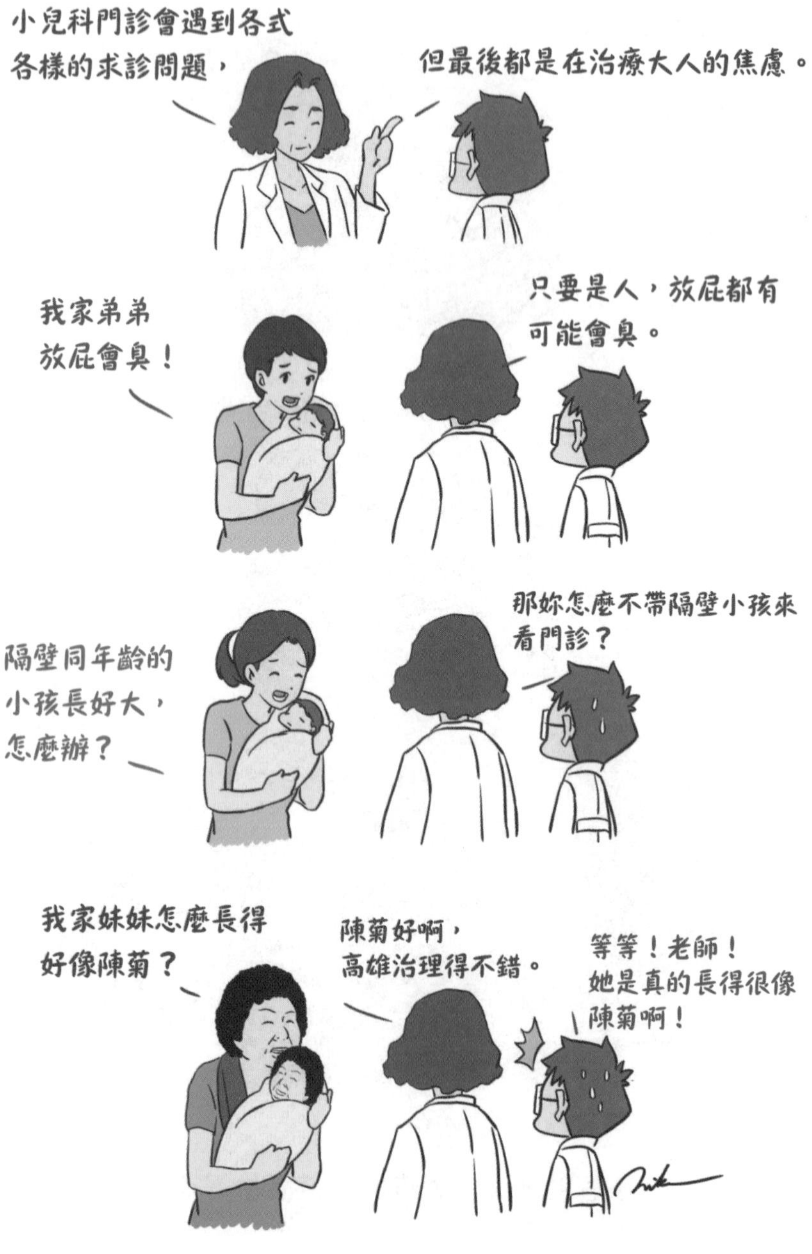
小兒科門診會遇到各式
各樣的求診問題，
但最後都是在治療大人的焦慮。
我家弟弟
放屁會臭！
只要是人，放屁都有
可能會臭。
隔壁同年齡的
小孩長好大，
怎麼辦？
那妳怎麼不帶隔壁小孩來
看門診？
我家妹妹怎麼長得
好像陳菊？
陳菊好啊，
高雄治理得不錯。
等等！老師！
她是真的長得很像
陳菊啊！

小朋友的大人世界

學弟！你今天的工作就是看診完，發貼紙給小朋友～
喔喔！好！
很愛小孩
你要哪張貼紙？有海綿寶寶、萌學園、神奇寶貝……
頭文字D！
嗯？

弟弟你眼睛痛我心好痛

醫生，他左眼一直紅紅的……
我看一下喔。弟弟，眼睛會不會痛痛？跟哥哥說哪裡痛痛。
（靜……）
呃……
跟……跟叔叔說有沒有哪裡會痛。
不會，眼睛不會痛。

小兒外科的勇者

等級一勇者
看到醫生哥哥不哭

很乖喔~

等級二勇者
從媽媽身上拔起來不哭

很勇敢欸~

等級三勇者
看到手術房不哭

等等去吹氣球~
手術中

等級四勇者 被放在手術台上不哭

等級五勇者
看到學長終於哭了

喔哈哈哈，都不哭！不錯喔！
啊哈哈 啊哈哈
嗚啊啊
嗚啊啊

還沒有人可以通過我的考驗吶。
（嘆氣）

小孩的健康不能寵

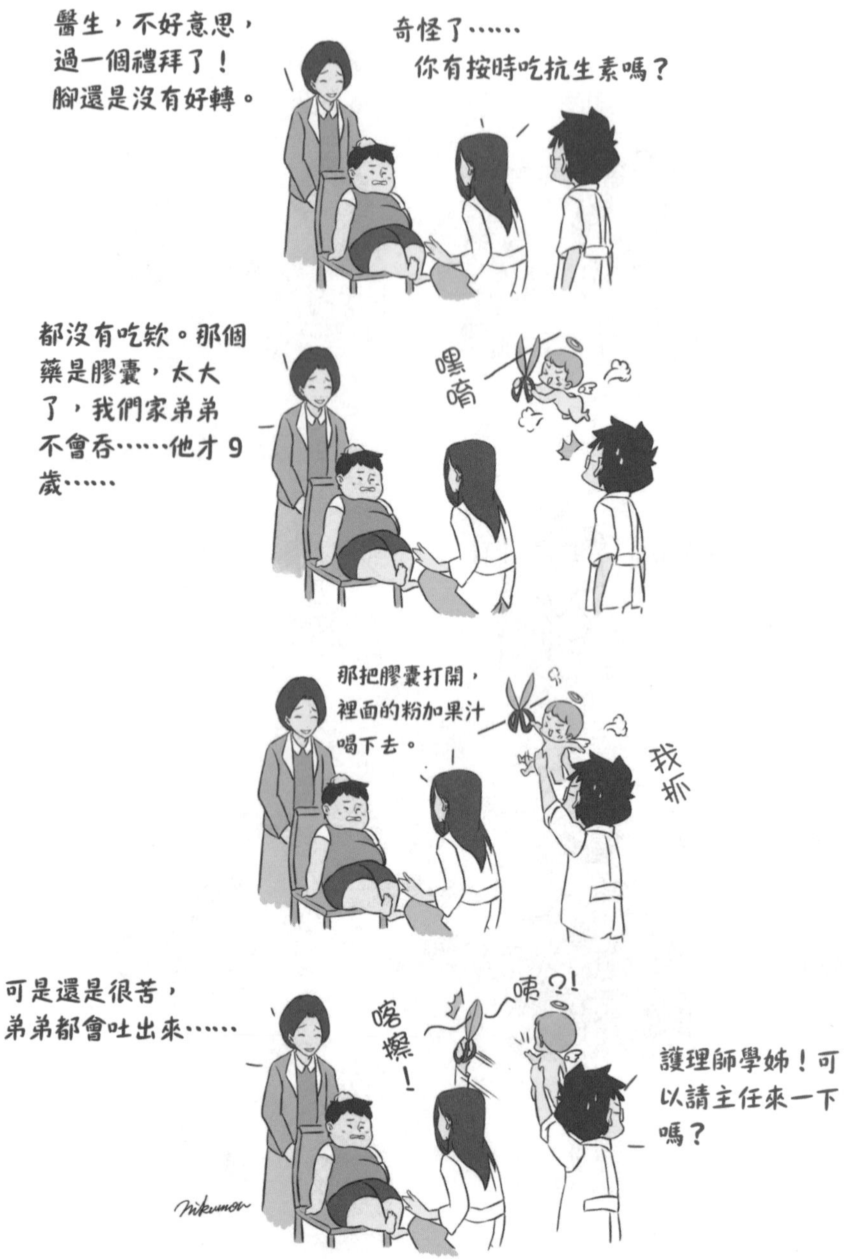
醫生，不好意思，過一個禮拜了！腳還是沒有好轉。
奇怪了……你有按時吃抗生素嗎？
都沒有吃欸。那個藥是膠囊，太大了，我們家弟弟不會吞……他才9歲……
嘿唷
那把膠囊打開，裡面的粉加果汁喝下去。
我抓
可是還是很苦，弟弟都會吐出來……
喀擦！
咦?!
護理師學姊！可以請主任來一下嗎？

天下的媽媽一般豆腐心

學弟，面對受汙染的傷口，像摔車的傷口，就要用這種粗糙的紗布加生理食鹽水，
不帶慈悲，用力刷洗。病人要非常痛，這樣的力道才能清乾淨。
呀啊啊啊

醫生！我兒子他⋯⋯ 會不會死⋯⋯
已經排除主要器官受傷，X光上看也沒有骨折。
只是挫傷跟擦傷。
那真是太好了，嗚嗚嗚⋯⋯
刷刷刷

很會飆嘛！啊不是很帥！
再哀啊蛤！講不聽！
那邊那個阿弟仔，
刷大力一點！
刷刷刷刷刷刷刷刷
nikumon 2014.10

真愛之我見

半夜急診收的病人
18 歲男性，急性闌尾炎

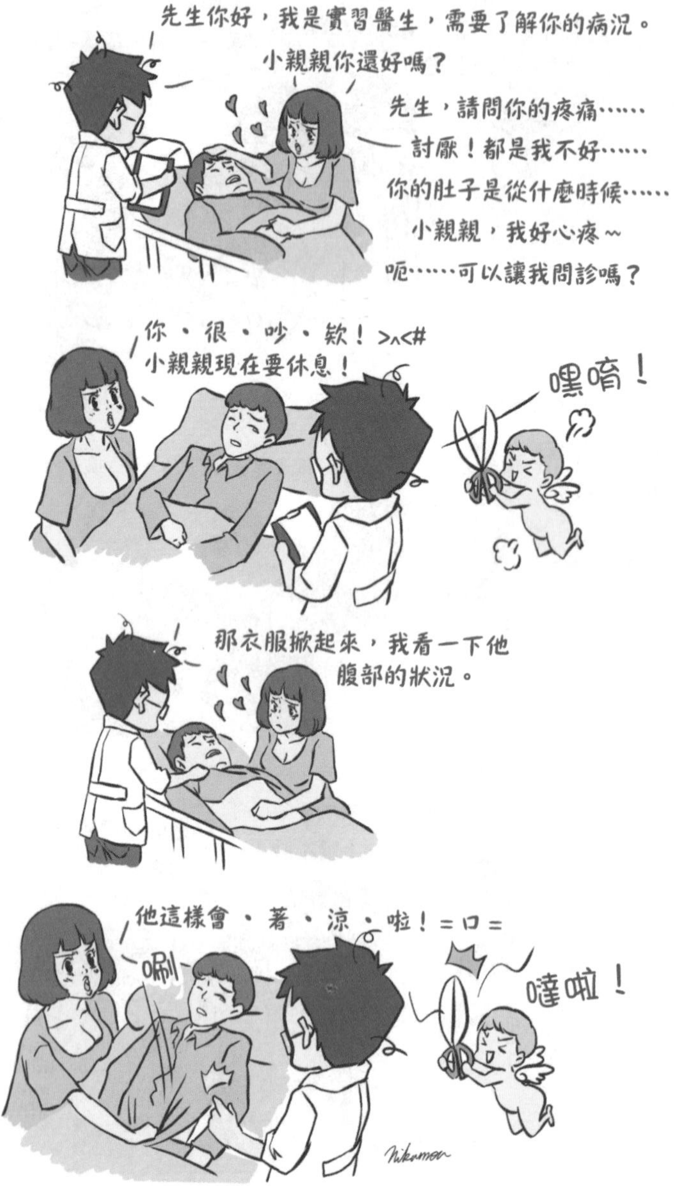
先生你好，我是實習醫生，需要了解你的病況。
小親親你還好嗎？
先生，請問你的疼痛……
討厭！都是我不好……
你的肚子是從什麼時候……
小親親，我好心疼～
呃……可以讓我問診嗎？
你・很・吵・欸！>^<#
小親親現在要休息！
嘿唷！
那衣服掀起來，我看一下他
腹部的狀況。
他這樣會・著・涼・啦！=口=
唰
噠啦！

我們都知道，這都是小事

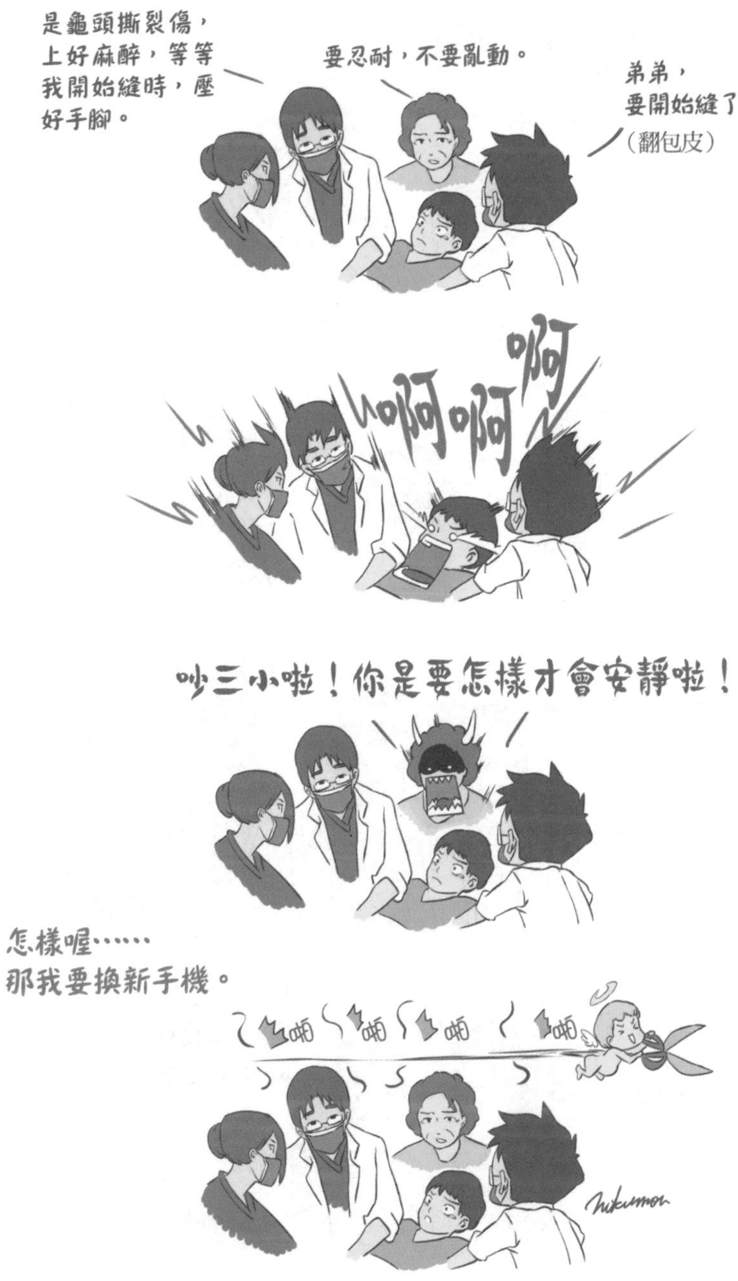
是龜頭撕裂傷，
上好麻醉，等等
我開始縫時，壓
好手腳。
要忍耐，不要亂動。
弟弟，
要開始縫了喔。
（翻包皮）
啊啊啊啊
吵三小啦！你是要怎樣才會安靜啦！
怎樣喔……
那我要換新手機。
啪
啪
啪
啪
nikumon

急診季節性

學弟，來急診的病人
都有季節性的，
像情人節前後……
外傷區新病人！
學弟，
這個病人你去接。
呃……這個傷是……
是……
是昨天晚上……
在……
在那個……
（扭捏）
果然是陰莖骨折，
真會忍，拖了一天才來。
嚇
提醒一下，陰莖沒有骨
頭，其實是白
膜受傷。
還好只放一天，
拖超過三天就不
好了。
提醒一下，
鳳在上龍在下，
最容易發生陰莖骨折了。

年輕就是本錢

學姊，病人麻醉好了，
睡著了，他的陰毛也刮完了。
那就快進入消毒吧，
消完鋪好無菌布單。
可是我刮毛的時候，
他有點勃……
什麼？
沒……沒事。
無菌單要露出
手術部位喔。
醫師，手術燈
要開了嗎？
好。
快鋪好單了
可以嗎？
要不要幫忙？
（湊過來看）
額滴天！
Oh my God!
這是什麼巍峨感……
日晷嗎？
學弟你怎麼沒跟我
說他硬了……
我有啊……

泌尿科醫師其實是面相師

泌尿科醫師能言善道

超音波掃這麼久！到底會不會啊！
叫厲害一點的人來啦！
唔……
呃……
嗯？
學弟怎麼了？

我掃好久，
還是沒有找到腎臟……
學弟啊，我不是跟你說過，
遇到年輕偏瘦的女性，
腎臟要從前面找啊，呵呵～
唔？

我……我才不是什麼年輕美麗
又瘦瘦的女生啦～咈咈咈～
都歐巴桑了！醫師你真是的！
呵呵，怎麼會呢，
呵呵呵～呵呵呵～

關於輸精管

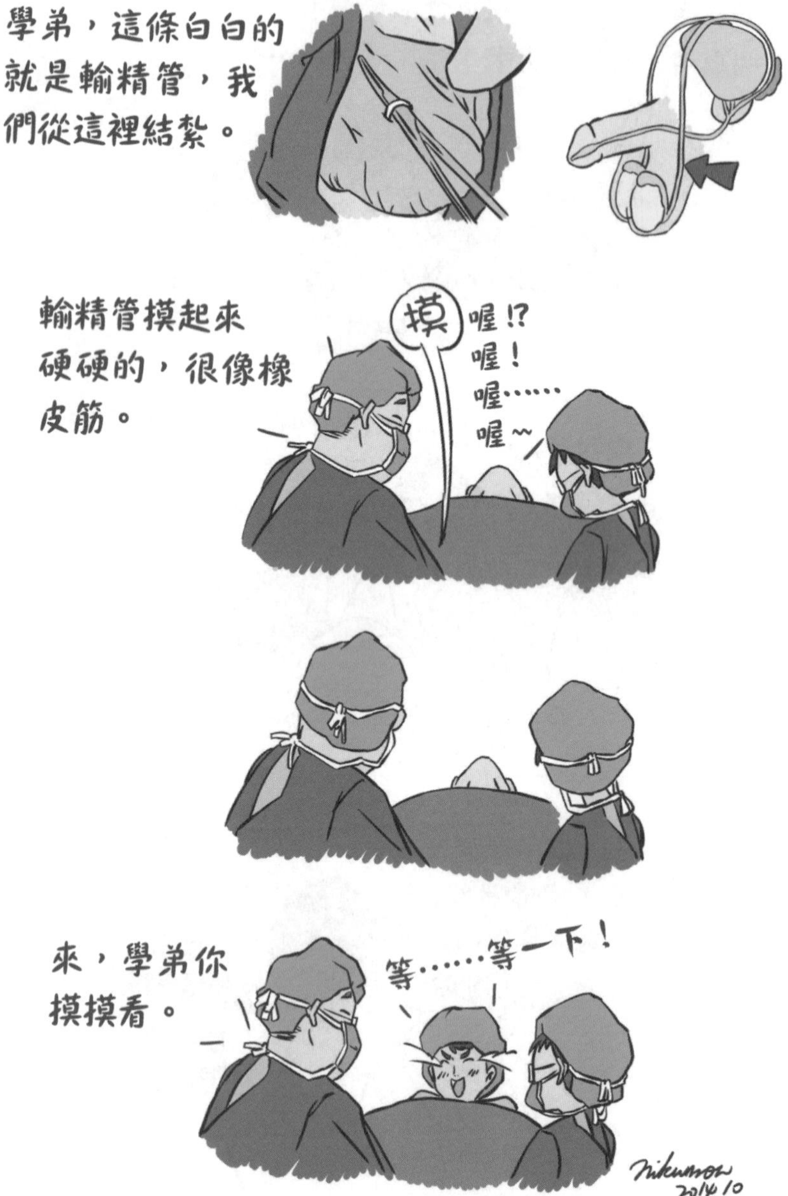
學弟，這條白白的就是輸精管，我們從這裡結紮。
輸精管摸起來硬硬的，很像橡皮筋。
摸
喔!?
喔！
喔……
喔～
來，學弟你摸摸看。
等……等一下！
Nikumon 2014.10

這一系列是我在宜蘭的醫院實習一個月時的經歷，當時帶我的是一位相當風趣又專業的主任。因為區域醫院人力不足，原本沒什麼功用的第一年實習醫師也常常被派上前線照顧病人。主任的門診量大，在人手不夠的情況下，我被派去負責泌尿系統超音波檢查。其實在那之前我沒有學過超音波操作，只有在書本上學過影像判讀，實際操作的經驗是零。主任帶著我掃過第一位病人全套的泌尿系統超音波後，便把超音波探頭丟給我：

「學弟接下來就交給你啦哈哈哈哈哈！」

於是我必須在主任看完一個病人後，例行幫病人掃一次超音波，主任非常有耐心在旁邊看，絕不插手，直到我自己成功掃到所有臟器並且確定沒有病變，才肯放病人走。主任一個下午就要看超過五十個病人，進度被我徹底拖慢，可是主任卻沒有任何催促。我很感謝主任，在一個月之內我掃了上百位病人，變得特別順手。

超音波的順序是膀胱↓攝護腺↓腎臟，掃完若無異常都會回報：「膀胱沒有餘尿、沒有結石，攝護腺大小正常，左右腎臟大小正常沒有積水、沒有結石。」

整個下午幾十位病人無限循環，疲憊感襲來。有一次一位女病患前來，掃她的超音波掃到一半時我愣住了。主任照常問了一句：

「學弟，狀況怎樣？」

「主任，膀胱沒有餘尿、沒有結石，可是主任……我找不到攝護腺……」

主任睜大眼看著我，病人笑了出來：「弟弟！我是女的欸！」

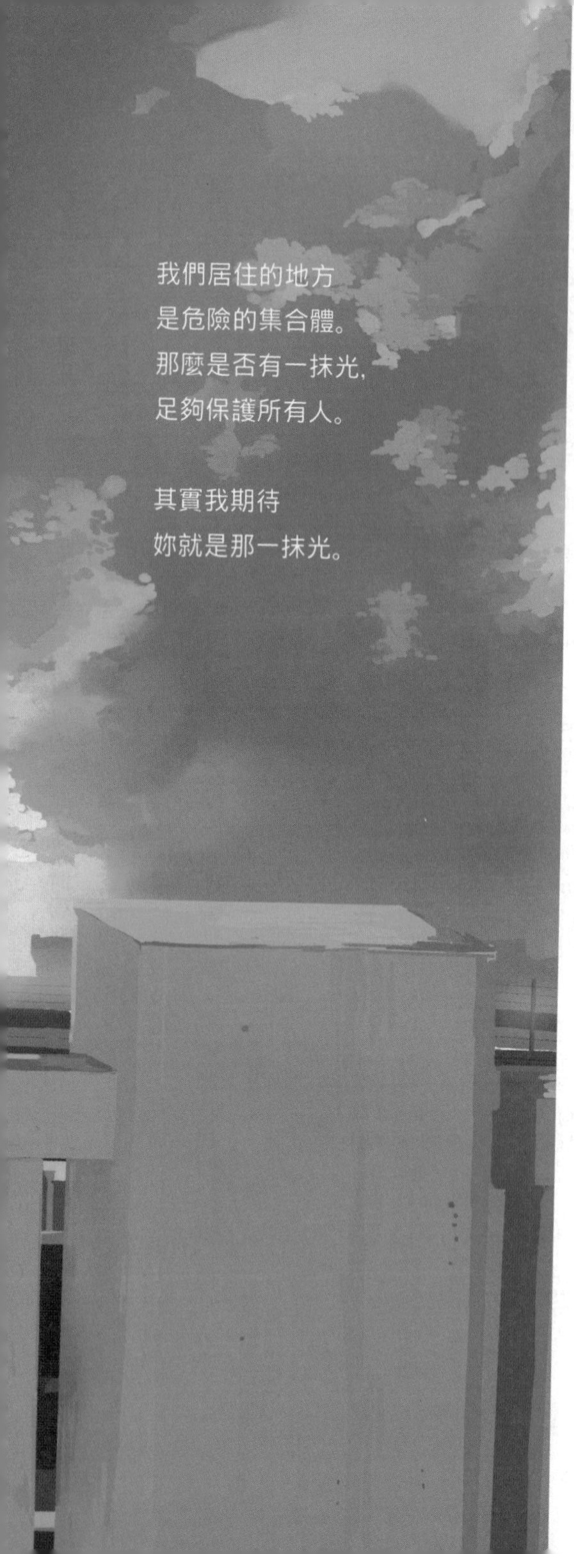
我們居住的地方
是危險的集合體。
那麼是否有一抹光，
足夠保護所有人。
其實我期待
妳就是那一抹光。

啊啊，實習醫生本來就是生來做蠢事的嘛……（幫自己開脫）

主任真的是一位風趣的人，深受門診病人的喜愛。這讓我學到很多，當然學到的不是如何幽默，而是如何利用自己的個性塑造與病人互動的風格。一板一眼的人硬要裝幽默讓人覺得沒有同理心；幽默輕鬆的人硬要嚴肅反而讓人覺得難親近。主任接觸病人經驗豐富，這麼多年來漸漸磨合自己的待人方式，我在旁邊觀察就覺得一切都很圓潤，應答都很自在。雖然我不像主任這麼厲害，但也期許自己可以慢慢找到自己的方式。

只剩一抹光的城市

霸氣骨科

人家都說骨科上刀
很容易餓，
嚼嚼嚼
嚼嚼嚼
早餐要吃飽。
你們好，
我是這個月的……
嘰嘰嘰
隆隆隆
嘰嘰嘰
鑽鑽鑽
鑽鑽鑽
嗯？是學弟嗎？
快去刷手上來！
喔……好……
鏗鏗鏗
鏗鏗鏗
叩叩叩
釘釘釘
敲敲敲
這裡是哪裡？
工地嗎？

我也想要霸氣骨科

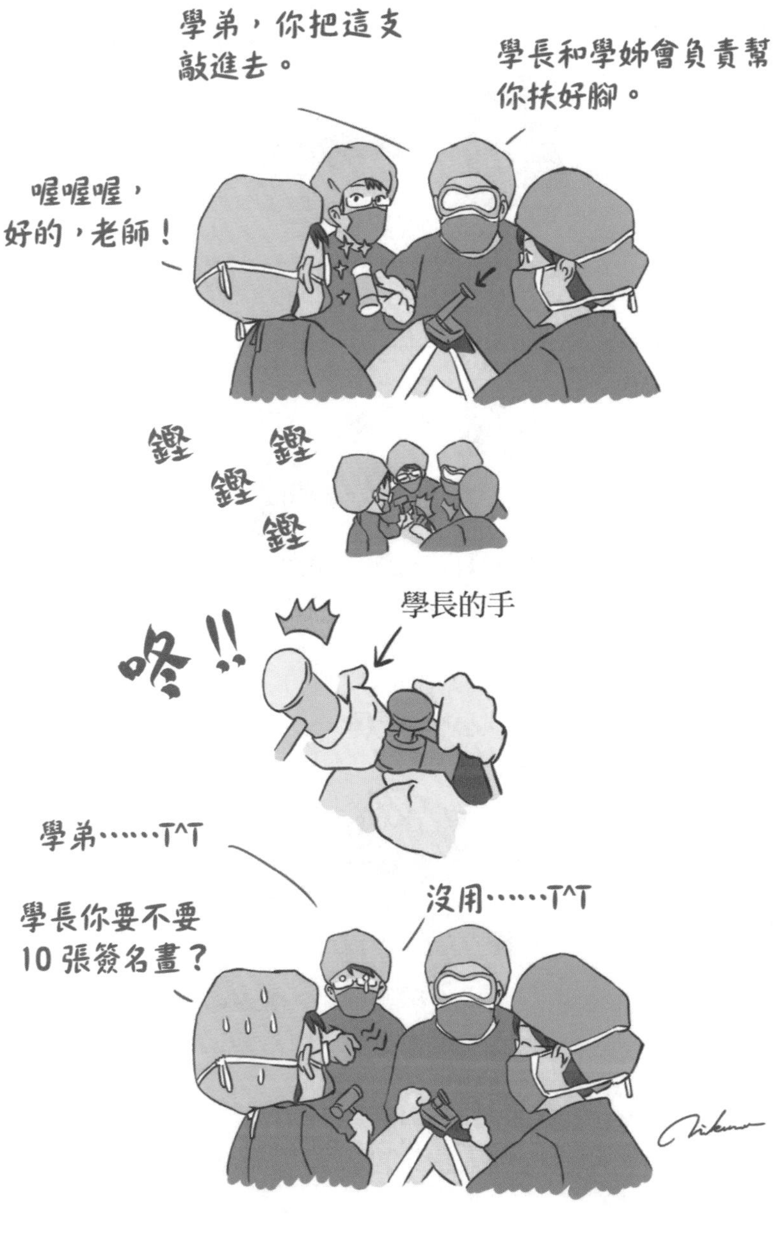
學弟，你把這支
敲進去。
學長和學姊會負責幫
你扶好腳。
喔喔喔，
好的，老師！
鏗
鏗
鏗
鏗
咚!!
學長的手
學弟……T^T
沒用……T^T
學長你要不要
10 張簽名畫？

我需要一個解釋

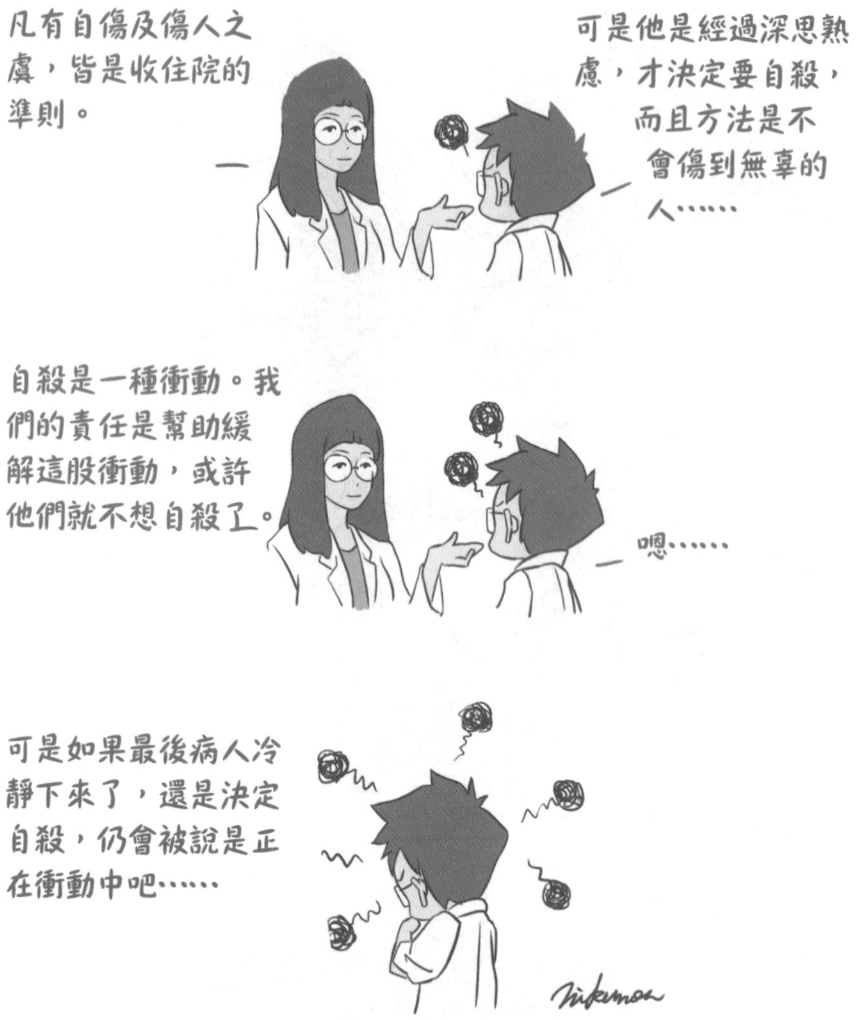
凡有自傷及傷人之慮，皆是收住院的準則。
可是他是經過深思熟慮，才決定要自殺，而且方法是不會傷到無辜的人……
自殺是一種衝動。我們的責任是幫助緩解這股衝動，或許他們就不想自殺了。
嗯……
可是如果最後病人冷靜下來了，還是決定自殺，仍會被說是正在衝動中吧……

我們到底為什麼有權力
阻止一個人決定自己的生死？

台灣醫療的崩壞是一件存在已久的問題，久遠到好像醫療的存在本就已經是崩壞的錯覺，還能撐下去是因為醫護人員用健康與時間換來短暫的表面平穩。醫界有很多團體極力呼籲民眾、教育民眾，正視醫病緊張的問題，但越是呼籲，似乎民眾越是反彈或是充耳不聞。我猜想，因為沒有人想當被責備的一方吧！

面對病痛、面對健康，誰也不肯讓步，因為健康是人類最基本、最平等的財富，有一種觀念是，醫院是一個一旦進去就絕不能吃虧的地方。但是醫療本是統計，醫療人員選擇的治療方法不是絕對會治好的方法，而是學理與統計上治癒「機率最高」的方法。

當初我畫醫病百態的圖，只是為了抒發心情。認為嚴肅的部分交給文字，繪圖就應以輕鬆的方式呈現。七成為真正的故事，三成為營造輕鬆氛圍的加工，完成一個不失原味的輕鬆故事，來承擔背後沉重的事實。

但越畫越有非醫護的人反應，透過我的圖扭轉了自己對醫護人員的偏見，藉由故事反而更能體會醫療崩壞究竟是怎麼回事。那時我才發現，或許我有一份社會責任，藉由繪畫這份能力，慢慢讓醫療這條崇高卻病入膏肓的古龍被人們看見癥結點。當然還有很多我不了解的地方，藉由詢問學長姊和長輩，了解更多醫療與病患之間的問題。為的不是其他，只希望台灣的醫病關係能取得更好的平衡。

實習醫生的日常

醫生不只要照顧病人的傷口和疾病，與病人及病人的家屬相處也是一門學問，這可不是學校裡就能學到的人生道理。

-3-
那些與我相遇的
病人

Nikumon
2014.3.27

何謂醫德

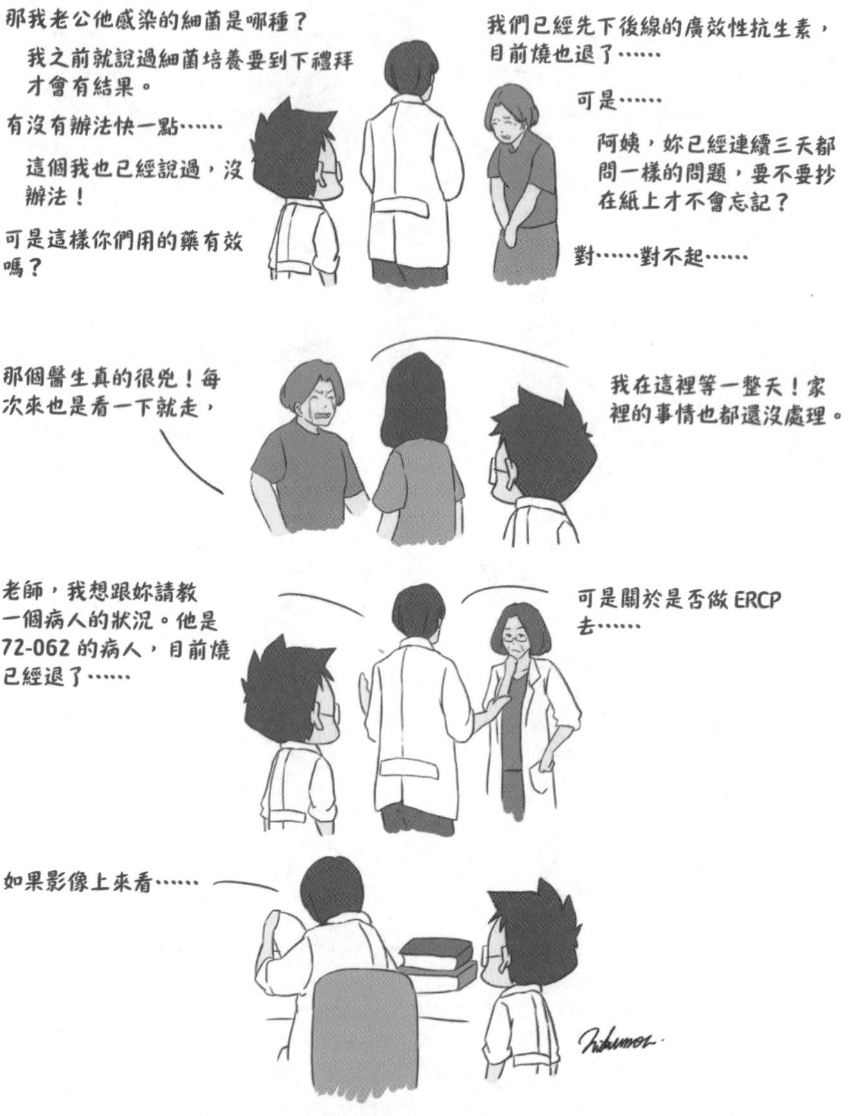
那我老公他感染的細菌是哪種？
我之前就說過細菌培養要到下禮拜才會有結果。
有沒有辦法快一點……
這個我也已經說過，沒辦法！
可是這樣你們用的藥有效嗎？
我們已經先下後線的廣效性抗生素，目前燒也退了……
可是……
阿姨，妳已經連續三天都問一樣的問題，要不要抄在紙上才不會忘記？
對……對不起……
那個醫生真的很兇！每次來也是看一下就走，
我在這裡等一整天！家裡的事情也都還沒處理。
老師，我想跟妳請教一個病人的狀況。他是72-062的病人，目前燒已經退了……
可是關於是否做ERCP去……
如果影像上來看……

看得見的醫德與看不見的醫德

ERCP 是指內視鏡逆行性膽胰管攝影，廣泛應用在膽胰管疾病的診斷上，屬於侵入性檢查。（參考資料：花蓮慈濟醫學中心）

陳女士是病患家屬，身為米行的老闆娘為了住院的老公，在工作與醫院兩邊奔波。但是醫生查房時間往往不規則，讓她在醫院枯等一整天也只能跟主治醫師見面一、兩分鐘。這段時間很多生意做不成但也是有苦難言。擔心老公病情的她，認為如果細菌培養結果不出來，就無法對症下藥。

主治醫師早上看門診，每位病患都覺得自己應該被醫生診療多一點時間，細心的主治也是花很多心思在每位病患上，導致門診結束時間往往不固定。住院醫師同時有十幾位病人要照顧，疾病本就有輕重緩急，住院醫師不是每位病人的專屬醫生，不可能永遠只照顧一位病患，但是面對有疑慮的地方，一定得找出答案，不論是自己翻書，還是詢問其他資深醫師。

陳女士每天都在期盼細菌培養的報告是否有提早出爐的可能，每天都詢問住院醫師。但細菌培養時間就是這麼固定，住院醫師日復一日解說，終於耐心也到了極限，因為在這位病人後頭他還有好多事情要處理，時間就這麼多，難道這位家屬是故意要浪費他時間嗎？最後語氣當然不是太好。但是看在病患家屬眼裡，就會認為這位醫生不親切、這位醫生不在意我的老公。

「這位醫生沒醫德。」我在隔壁床換藥時聽到了這個對話。我想沒有人存心害別人，大家都是在自己的工作上用心，是體制上的問題，不是人的問題。什麼是醫德？我看到有些醫師每天花很多時間和病患聊天，但對於該病人疾病的狀況卻不是全面了解。因為能言善道獲得了「醫德」的讚美；而默默做事，不花力氣在表面功夫的醫生，卻被病患與病患家屬詬病。其實對醫護人員而言，醫德是貞節牌坊，是一個外表亮麗的囚具。

病人家屬

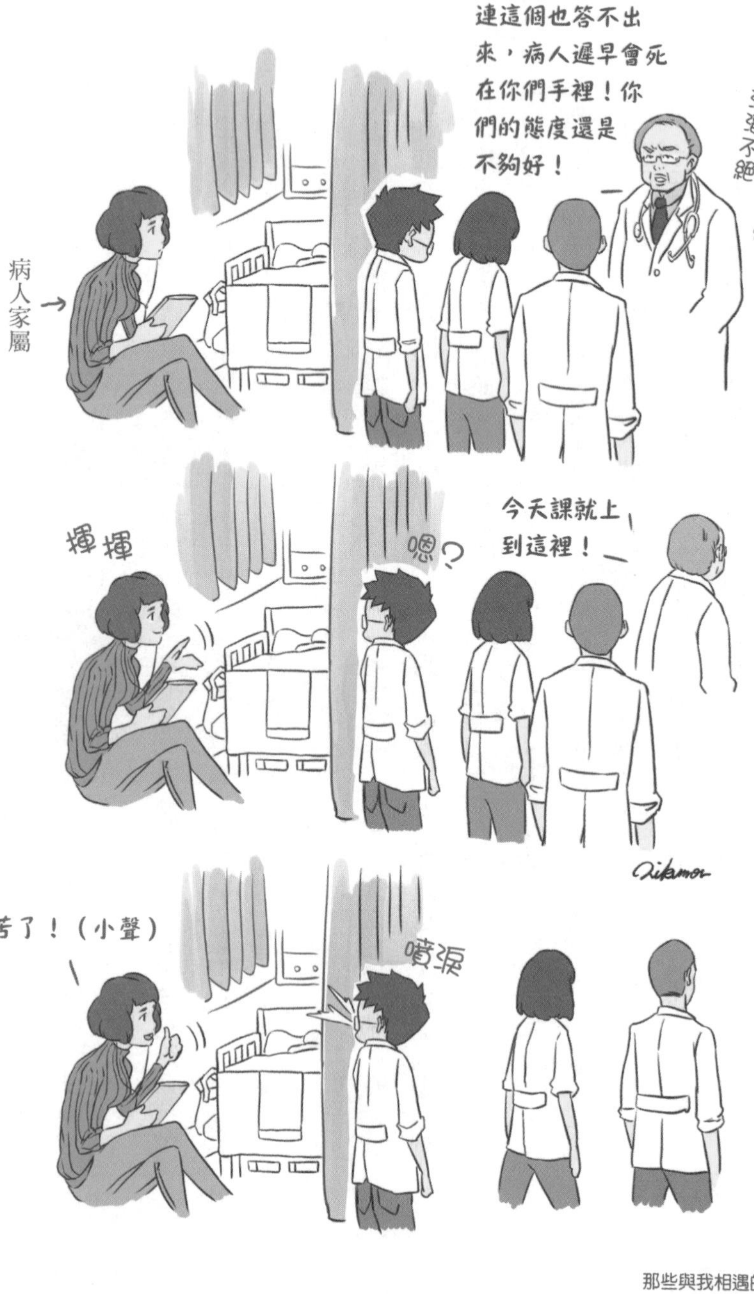
連這個也答不出來，病人遲早會死在你們手裡！你們的態度還是不夠好！
滔滔不絕
毫不留情
病人家屬
揮揮
嗯？
今天課就上到這裡！
辛苦了！（小聲）
噴淚

學習醫學的路上雖然靠自己念書很重要，但有很大部分學習的過程是師徒傳承。透過長輩的指引會更有方向，學得更快。階級制度明確的醫院體系中，我們敬重上級人員，在遇到自己處理不來的事情，也往往需要上級人員的救援。常常聽到人家說學長「電」學弟，所謂的「電」就是口頭考試，工作的過程中，遇到機會教育就要電一下。醫學知識太過龐大，很多東西若不是透過「電」當引子開啟討論，並透過一來一往的邏輯推演來加深印象，實在很難記起來（對於我這個凡人而言哈哈）。

攸關人命的事情，做不好本來就該慎重提醒，學習都是這樣來的。當然人的個性不一樣，有溫和的老師，也有暴躁的老師，但大家都是求好心切。

意外的是，置身事外的隔壁床家屬給的安慰，真的讓人差點流下淚來。其實我一直都有注意到，她在旁邊看了全場，整整半個小時的電人Live秀。

餘燼
指引我的路

時間與火焰
是一支沒有燃燒的燭，

我只剩下它來指引道路，
並且欺騙正在迷路的自己：

「沒問題的，我仍在前進。」

就算住院也要敦親睦鄰

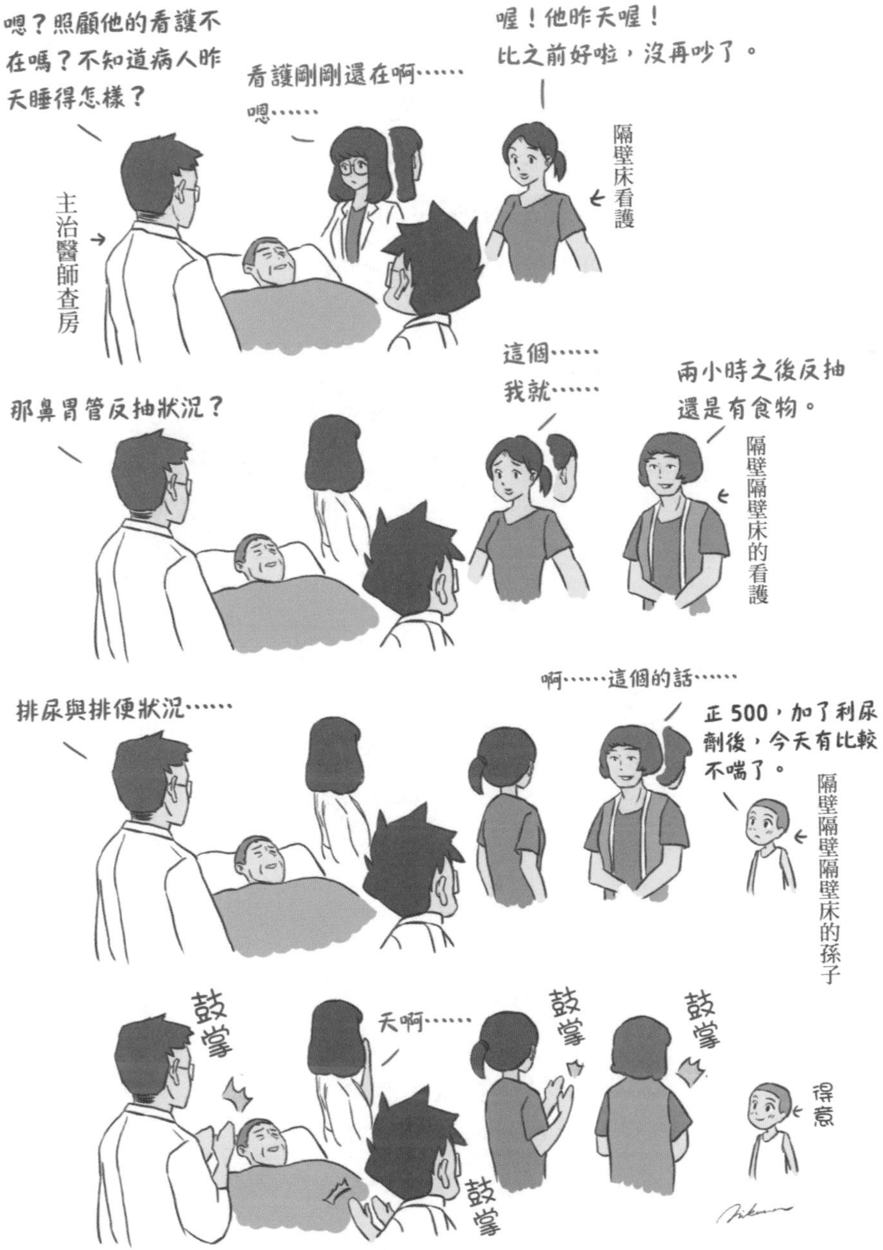
嗯？照顧他的看護不在嗎？不知道病人昨天睡得怎樣？
看護剛剛還在啊……嗯……
喔！他昨天喔！比之前好啦，沒再吵了。
主治醫師查房
隔壁床看護
那鼻胃管反抽狀況？
這個……我就……
兩小時之後反抽還是有食物。
隔壁隔壁床的看護
排尿與排便狀況……
啊……這個的話……
正500，加了利尿劑後，今天有比較不喘了。
隔壁隔壁隔壁床的孫子
鼓掌
天啊……
鼓掌
鼓掌
鼓掌
得意

我要學著長大

阿弟仔~~
啊我傷口有沒有好一點？

阿姨妳今天中午換藥時才問過啊，
沒有這麼快啦！

哈哈，啊就想說搞不好有啊。

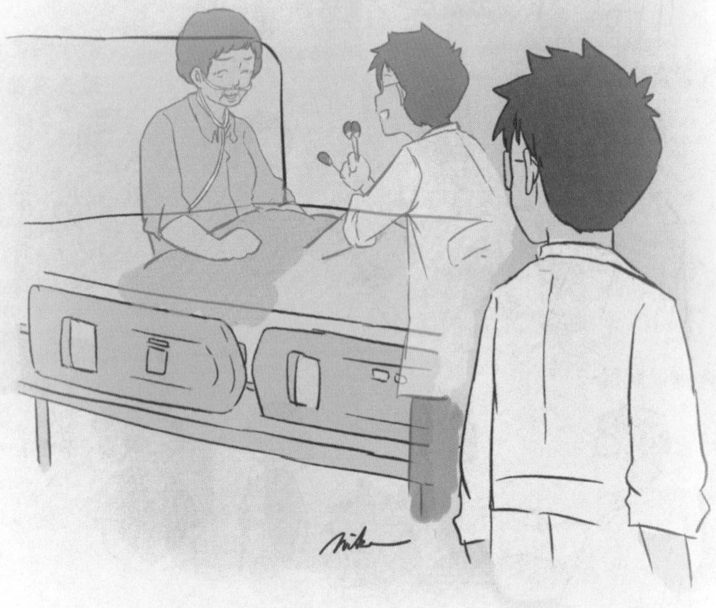

只有兩個星期的時間，
還是培養出了默契，
如今例行不再例行。

倔強與尊嚴

態度強硬、一直拒絕放導尿管的爺爺，
最後一次看他時，他哭得像個小孩。

或許先前種種的不配合，
都是為了說服自己，
身體還是自己的。

何謂原諒

傷者家屬看到年紀跟自己女兒相仿的肇事者哭成淚人兒，
收起一開始的憤怒，默默上前去安慰。

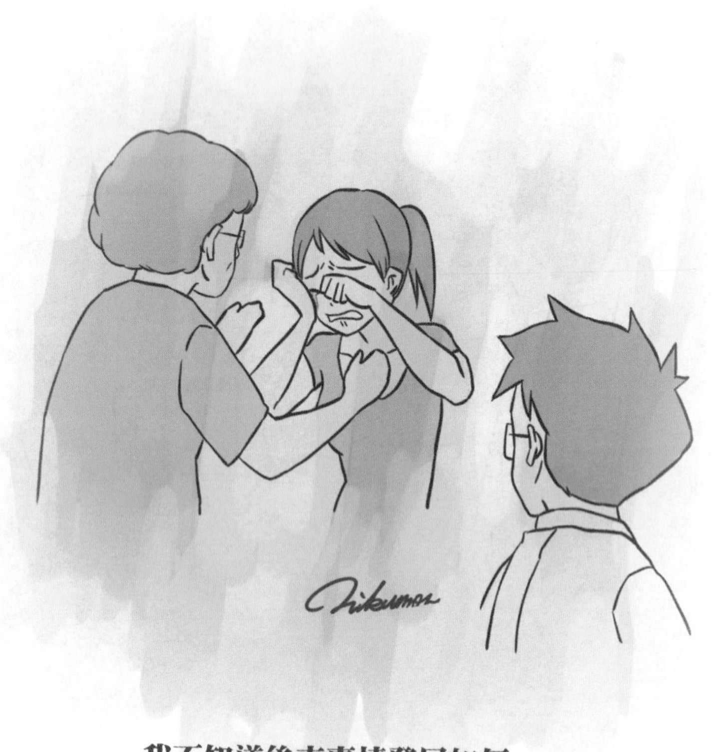

我不知道後來事情發展如何。
人畢竟是複雜的，
看得我當下心情也很複雜。

其實看開的都是當事人

15 床是愛滋病患，有註記需要隱病情。病人表示不想讓任何人知道，包括他父母。解釋病情時要格外小心。
嗯嗯！
我兒子又肺炎住院？上次也是！到底怎麼回事？
這次因為免疫力下降，所以感染肺炎。
盯
之前也這樣說！那到底為什麼免疫力會下降也不說清楚！
你到底有沒有在狀況內！
笑
覺得有趣

病情解釋

究竟誰才是病人的兒子？

樓梯間

夜深的樓梯間，

看見病患家屬中的一家之主正在哭，和白天的他判若兩人。

一個人會不會是因為無法示弱，才表現出憤怒的樣子？

遇過一位病患的爸爸，由於小孩的病情持續惡化，雖然主治醫師在最一開始就已經預告過，但是他仍然無法接受，在病房破口大罵，敵意甚重。我很錯愕，但是老師似乎很冷靜，覺得這一切都合情合理，包括病患爸爸的反應。直到當天晚上值班走過樓梯間，看見病患爸爸在哭。那種壓抑感，儘管是在無人的樓梯間，仍然是哭泣得很收斂。我承認我看到時心頭一震，一個一家之主看起來是如此無助。

我記得曾經有個學長問過我，家裡有沒有人生過大病，還是有沒有人因病去世。坦白講我沒遇過。學長笑笑地告訴我，你如果照顧過生病的親人，就可以理解家屬的一切不理性行為了，而遇到這件事讓我有更深刻的體悟。

醫院是一個巨大的壓力集合體，病人發出源源不絕的壓力，投放到家屬、投放到一線醫護人員、投放到一線醫護人員的後輩，大家都在承擔從上而下的壓力。要如何與這股壓力共處，真的是醫護人員最大的功課，大家都在尋找屬於自己的平衡點。

沒死人的床

那住院的時候，
排床位時請你們務必注意。
我們家老爸不能住
之前有死過人的床位，
這樣很不吉利。
咖擦
唔？
這位太太，妳當我們醫院第一天開張嗎？
希望你們家老爸躺過的床位，
之後還能用啊。
我們會盡量安排的。

在各科間跟門診對實習醫師來說並不是強制要求，但是我覺得跟門診特別有趣，這個時候可以最直接觀察主治醫師如何面對病人，也常常可以目睹病患或是病患家屬驚人的反應。我畫這一篇其實是挑出比較誇張的一則故事來畫，目的是想引起讀者比較一致的反應，但其實很多時候是病患及病患家屬覺得沒什麼，但對於醫護人員造成不小困擾的要求。舉例來說，要靠窗不靠走道、房間不能坐落在整層樓層的角落位置、隔壁床的病人不能是會一直呻吟的病人，會很吵……種種要求讓我懷疑已經有人把醫院當飯店一樣。對於一間醫院來說，有時要安排出一個床位就已經讓人焦頭爛額，如果這時候再收到種種要求，能不抓狂的人真的是在修養方面下足了功夫啊。

我曾經看過護理人員怎麼解釋都無法安撫想換床位的病人及病人家屬，只好請主治醫師出來處理，老師的口氣就是：「你想換的話，就去找吧，這棟醫院給你找，只要找到我就給你換。很明顯啊，整層樓的床都滿了，我們也是無能為力。」

看了這麼多住院的病人，我個人的小看法是，大家都希望得到平等的對待，但同時又相信會吵的孩子有糖吃，這本身就是一個矛盾的想法。或許只要是身為一個人，就無法平等對待每個人；而身為醫護人員，當然也只能盡自己的能力去平等對待每個病人。我曾經聽學長說過，他觀察到部分醫生（包括他自己），雖然面對所有病患，都會做到應該做的程度，但如果那是一位讓醫護人員感到舒服的病患或病患家屬，我們會下意識多花一點時間再研究確認病情、多看幾次檢驗數據、多研究一下X光片。

樹高千丈

這一年的環島實習快進到尾聲了。
一個月換一間醫院，
每次到月底時就匆匆忙忙收行李，
準備前往新的城市。

行李箱越收越簡潔，
醫師袍、聽診器、筆燈、扣診垂、小麻、健檢報告書都帶好，
其他什麼的就隨意了。

拖著行李箱，
看著手機的線上地圖尋找要落腳的醫院，
變成每個月初的必備過程，
走過田園邊、濱海路上、菜市場裡、大馬路旁。

這種近乎流浪的十個月要結束了，
有點小感傷也有種小畢業的錯覺。

這十個月我走過台灣七個縣市，
發現小小的台灣原來這麼有多樣性，
每個月都遇見不同的人、不同的體悟、不同的風景。

會不會變成一生最珍貴的回憶呢？
搞不好喔。

實習醫生的日常

也許這些知識你早就知道了，或者你覺得知道了也沒什麼，但是學起來放著，說不定會有派上用場的一天！（會嗎？）

-4-
不負責任
衛教時間

Nikumon
2014.5.9

青春痘

痘痘是個有起床氣的公主，
與其把她吵醒，不如讓她睡到死。

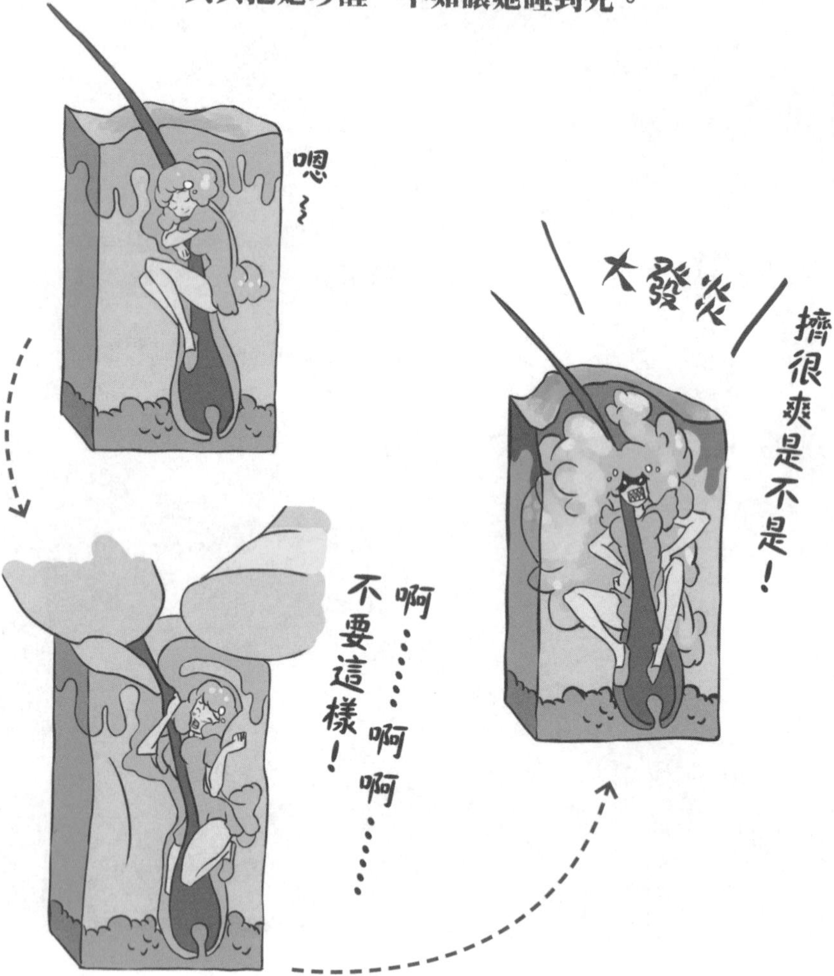

CPR

CPR 一分鐘壓 100 下有多快？
跟著《保庇》的節奏壓就對了！

抓握反射

弄弄
抓
討厭~~♥他抓住我了~♥
他一定超愛我♥
真沒辦法，誰叫我是
龍潭郭雪芙~~

抓握反射（grasp reflex）

刺激嬰兒手掌會引起手掌抓握，這只是反射反應，
三個月後就會減弱。

菸害防治

所謂的阻嚇

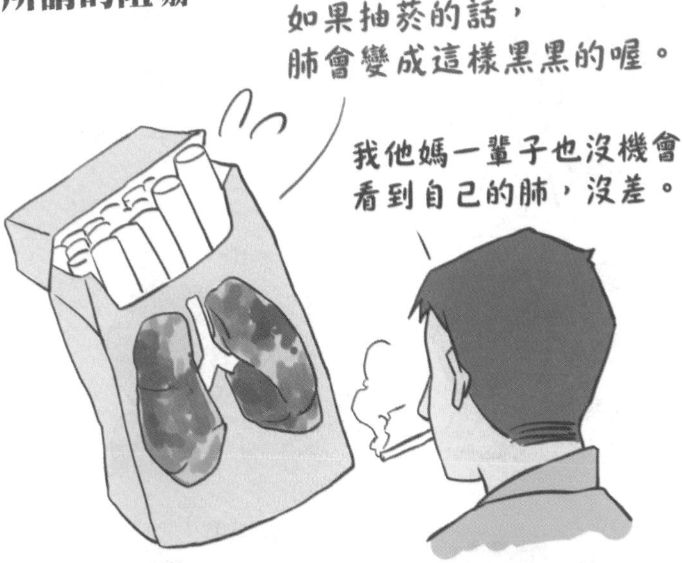

如果抽菸的話，
肺會變成這樣黑黑的喔。
我他媽一輩子也沒機會
看到自己的肺，沒差。

抽菸會增加口腔癌風險，
術後的樣子是這樣。
（開刀切掉腫瘤後，嘴巴缺一塊肉，
要用身上其他部位來補。）
靠杯

覓乳反射

覓乳反射是三到四個月的小貝比具備的先天性反射，只要弄弄他的臉頰，嘴巴就會自動去找刺激點，是找食物（乳頭）的求生本能。

兒科病毒

今天有沒有
比較舒服？
有！我還有吃
很多飯飯喔！
吃多少飯飯？
兩碗飯飯！
今天肚子不會
痛痛了！
那還有沒有
哪裡痛痛？
沒有～
今天我照顧的兩個病人有
比較好欸，有吃比
較多飯飯，肚子
也不會痛痛了。
是喔？那你今天
會不會累累？要
吃什麼飯飯？
靠杯

電擊

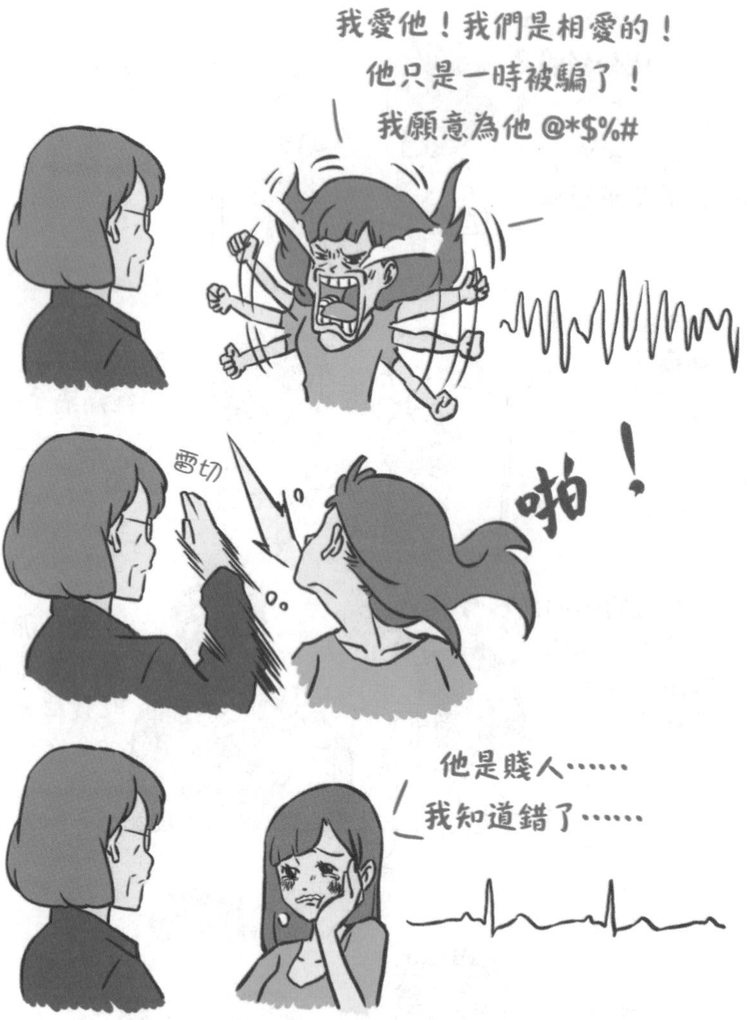

電擊不是把心臟電活，

而是把心臟電乖。

城堡

-歩いていこう-

醫療是一個團隊，
是一座城堡，
每個人各司其職，
做我們能做的，
守護我們一起守護的。

nikumon

悠揚.L

不慍不火
相聚的時刻
與妳不需要多說什麼

春天
什麼都不用做的自在
我們靠很近很近

together . I

我很脆弱
我很容易躲進影子裡

夏天

那樣的發光
將影子吹走
離不開的是我對妳的依賴

RTHDAY→
LINA LIN

默契．N

那是一種安心感
即便我們相距很遠
即便變得一無所有
還會有妳

秋天
面對改變
我們不動如山

只看見神清氣爽

雪語 . A

高歌的是妳不懼風雪
高歌的是我一起前行

冬天

是滿載的回憶
是那一首首神聖的歌
我們朗朗上口

短篇漫畫

我是一個喜歡說故事的人，畫漫畫對我而言是最好說故事的方式。相較於電影或動畫，漫畫是可以獨力完成的東西，對於文字，畫面可以在某些部分帶來比文字更多的衝擊。

相較於之前的醫院極短篇，接下來的短篇漫畫部分是正統的漫畫作品，需要更多耐心的閱讀。畫技方面或許不是頂尖，但我對內容很有信心，我可以保證 Nikumon 的短篇漫畫是一個一旦開始看，就想把它一口氣翻完的作品，絕對不會無聊。

每個人都有自己的人生觀，我畫出我的人生、我的價值。對我而言，一個創作者一生只要一部走紅的代表作就好，這份作品不但自己喜歡，別人也要買帳。我還有漫長的人生要走，所以我不著急，可以走走停停地創作。這樣階段性的創作，剛好可以讓每篇漫畫都代表當時的人生觀哈哈。一起來加入 Nikumon 的幻想吧！

黏菌你好
HELLO
SLIME

先把海水加進去，再放止痛劑，接著是緩瀉劑，我記得要倒300mg。
學長這個配方真的對嗎？
然後接下來……
全靜脈營養劑
最後加增稠劑，一點點就好，
蓋上蓋子，不能有太多空氣跑進去。
真的會長出來嗎？

鈴鈴
喂，你好。
對，我是。
732床
自拔鼻胃管啊……
好，我知道了
等一下過去。
嗶

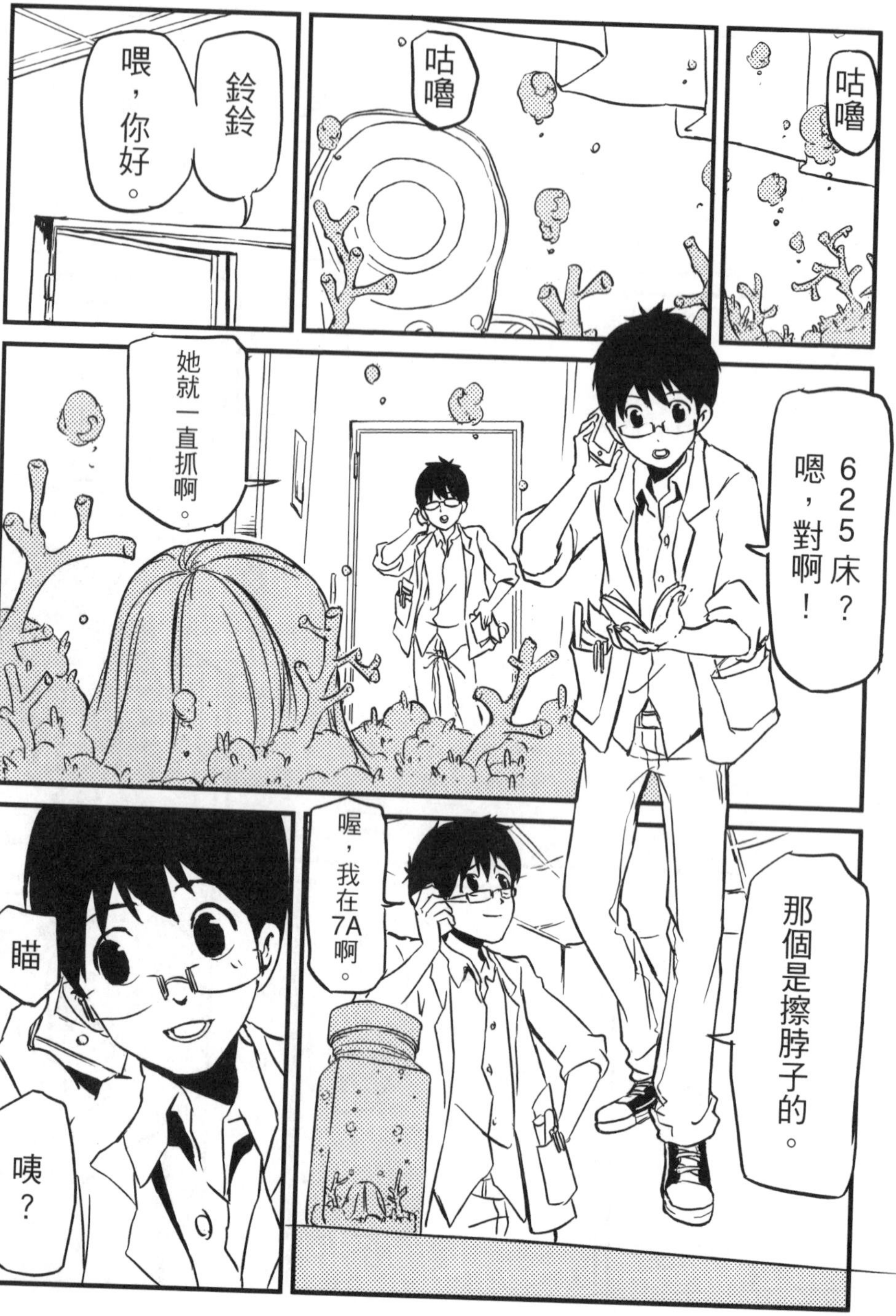
咕嚕
咕嚕
鈴鈴
喂，你好。
625床？嗯，對啊！
她就一直抓啊。
那個是擦脖子的。
喔，我在7A啊。
瞄
咦？

欸！
咕嚕
欸欸欸欸欸欸欸
天啊啊啊啊啊！太酷了！
真的長出來了！
原來傳聞是真的
只有一顆頭，哈哈。
應該會再長大吧？
請多多指教。
鈴鈴
喂，你好。對，我是。

Hello, Slime

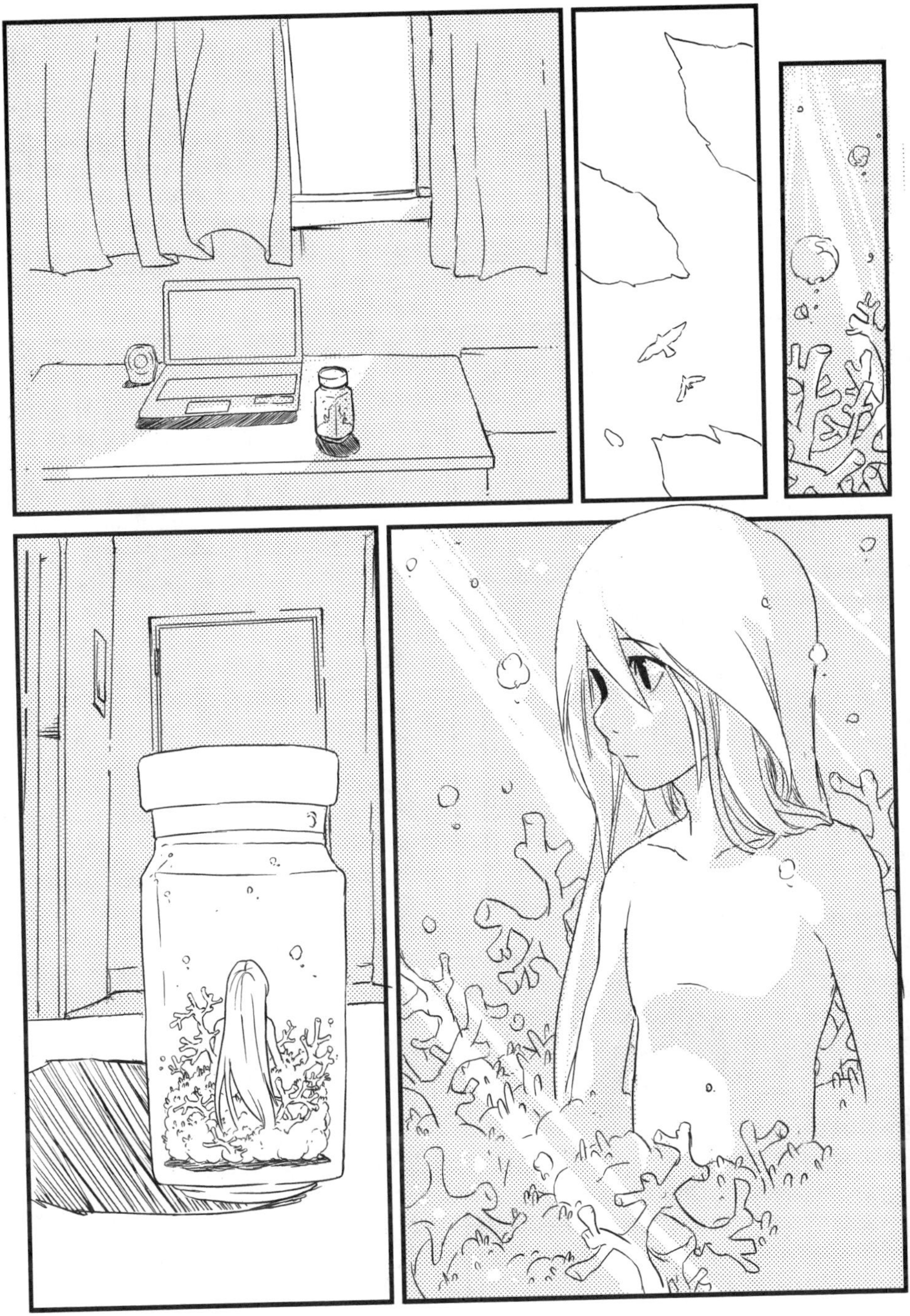

喂，你好。嗯，我是。
又吐了嗎？
吐的東西是什麼顏色的？
嗯嗯，是血絲還是血塊？
先停一餐好了。
嗯嗯，我會再回去開。
好。
嗶
昨天值班→
呼
好累，明明就過下班時間了，還打來！
你又長大了耶，身體出來越來越多了。

什麼都不用做就可以活著，
好羨慕。
鈴
喂，你好。
你好……
燒到40度！畏寒？他不是今天要出院了嗎？怎麼突然這樣？
要換抗生素嗎？這要跟學姊討論欸。
你好
胸部X光要照，等等我會過去抽血液培養，和血液常規一起。
你好
嗶

講話了啊啊啊！
你竟然會講話！
我到底養了什麼？
你好♥
又講一次了！
那就叫你「黏菌你好」
如何啊？黏菌你好。
你好♥
喔喔喔，我的黏菌有聲帶！
鈴♪
又是護理站打來的
喂，你好。
你好♥

盯

ROAR
黏菌的視角
!!
喵

放好
笨貓，你想對我家黏菌幹嘛？
喵
裝可愛也沒用，我是狗控
宿舍區竟然會有野貓。
下次我會注意，把窗戶關好。
沒事了！

欸！
你你你會哭啊？
啊不對，呃……不要哭啦
糟糕，我很不會安慰人
對不起，都是我的錯啦……你……你一直哭，我不知道要怎麼辦。
喵
不是說你！不要再裝可愛了！

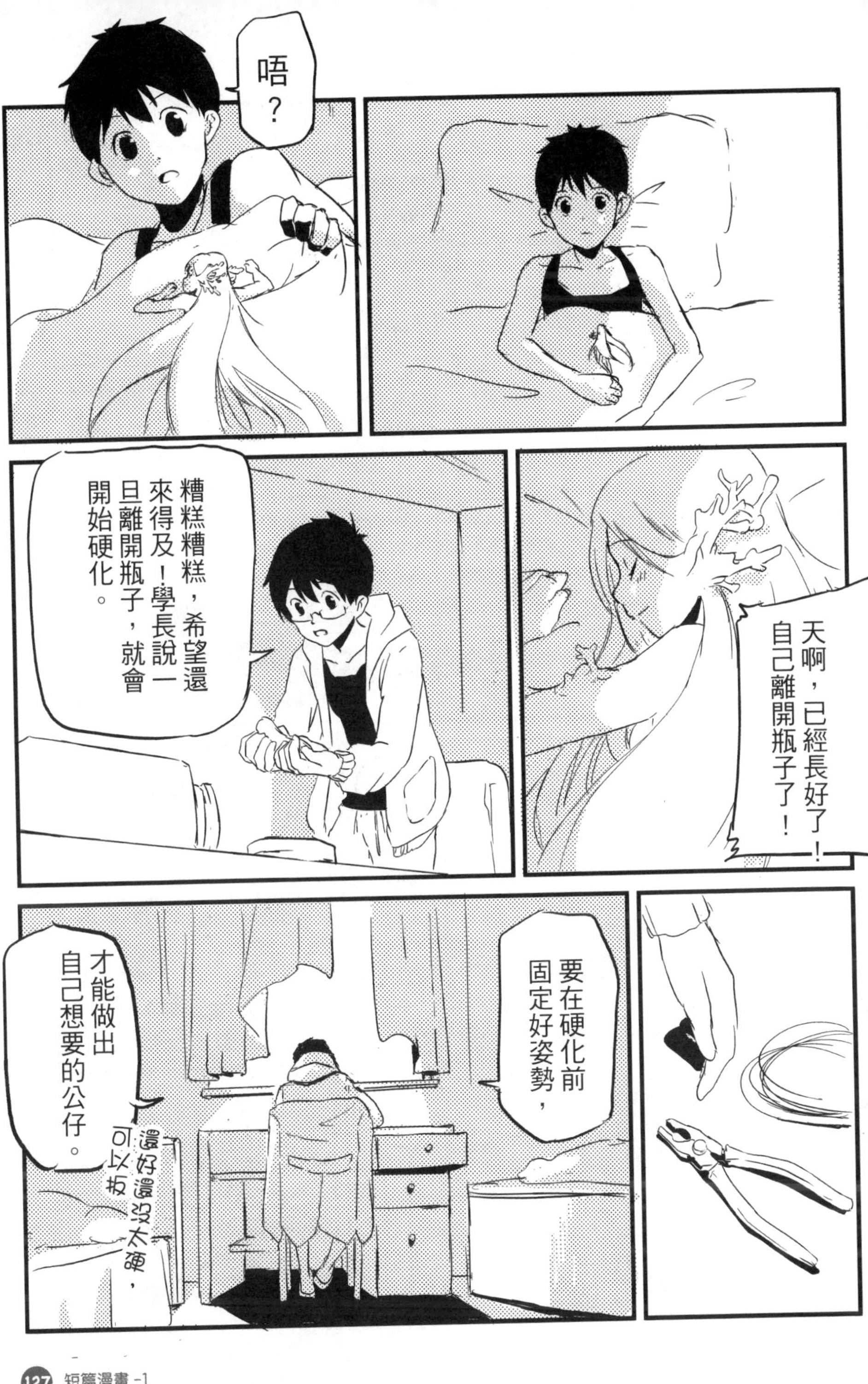
唔？
天啊，已經長好了！自己離開瓶子了！
糟糕糟糕，希望還來得及！學長說一旦離開瓶子，就會開始硬化。
要在硬化前固定好姿勢，
才能做出自己想要的公仔。
還好還沒太硬，可以扳

完成！
嗯嗯
好酷啊！
明天再來養一隻！
HE END

後記

當初這篇漫畫放上網路時，大家對於結局的安排感到錯愕，除了少數人表示贊同外，大多都是罵聲一片。「黏菌你好」這隻小生物是我在大三某個颱風天的晚上想到的，當時只有想好它的生長史，一直到後來進醫院實習時，才賦予它一個故事。黏菌在成熟之前都不能離開培養瓶，不能接觸到空氣，因為身上的呼吸器還沒長好。但呼吸器在向外成熟的過程中，也會向體內侵蝕，導致身體漸漸硬化。於是黏菌你好的命運就是當它成熟了，終於有呼吸器可以呼吸空氣，可以離開瓶子的當下，也是死亡的時刻。

坦白講，這一篇是畫來獻給台灣所有的莘莘學子，在僵化的升學體系下，我們渴望可以趕快離開這個體制，但體制提供給我們的資源與學歷，是個虛有其表的學歷；當我們終於獲得學歷，離開學習環境時，才發現自己的腦筋是僵化的，學歷與技術在出社會後根本很難運用。我們都是一個終於獲得自由但也同時面臨死亡的黏菌你好。

我特意將黏菌設計成性別不明的外貌（是說黏菌本來就沒有性別哈哈），有趣的是，大家會將黏菌投射成自己的性向（喜歡男生的人就覺得黏菌是男生，喜歡女生的就覺得黏菌是女生），來完成這個乍看之下是愛情的故事。創作就是一個這麼有趣的東西，一件作品需要由作者和觀眾共同完成，因為每個閱讀者都不同，才能夠賦予一件作品不同的面相。

最後還是勉勵大家也勉勵自己，我們都需要自我充實，不要讓思考僵化。不要害怕接觸各面向的事物，會讓生活更有趣。

稻

騎車迷路時

意外接近清水坡

我喜歡台灣的景色

因為它真實

真實紀錄著在這個土地上努力的人們

小兒科

世界 轉動著

你我都在這個輪迴中
浮動的靈魂
尋找居所與存在價值

時空 轉動著

前言

這篇漫畫最一開始的動機只是想趁實習之前，畫一篇屬於台灣人的漫畫。從小就愛畫畫的我，夢想就是可以畫一篇代表作。一旦開始實習之後，就再也沒時間畫長篇漫畫了，這是最後一次的機會。當時剛好又有漫畫比賽（其實我忘記是什麼比賽了），於是畫得特別用心。不過我最後沒有趕上截止日期，只好把未完成版放上網路，沒想到獲得意料外的迴響。最後在室友日日夜夜的催稿下，補完了未完成的五十頁，完成了總共八十六頁的漫畫，這是屬於我的代表作——〈小兒科〉。

晴雨

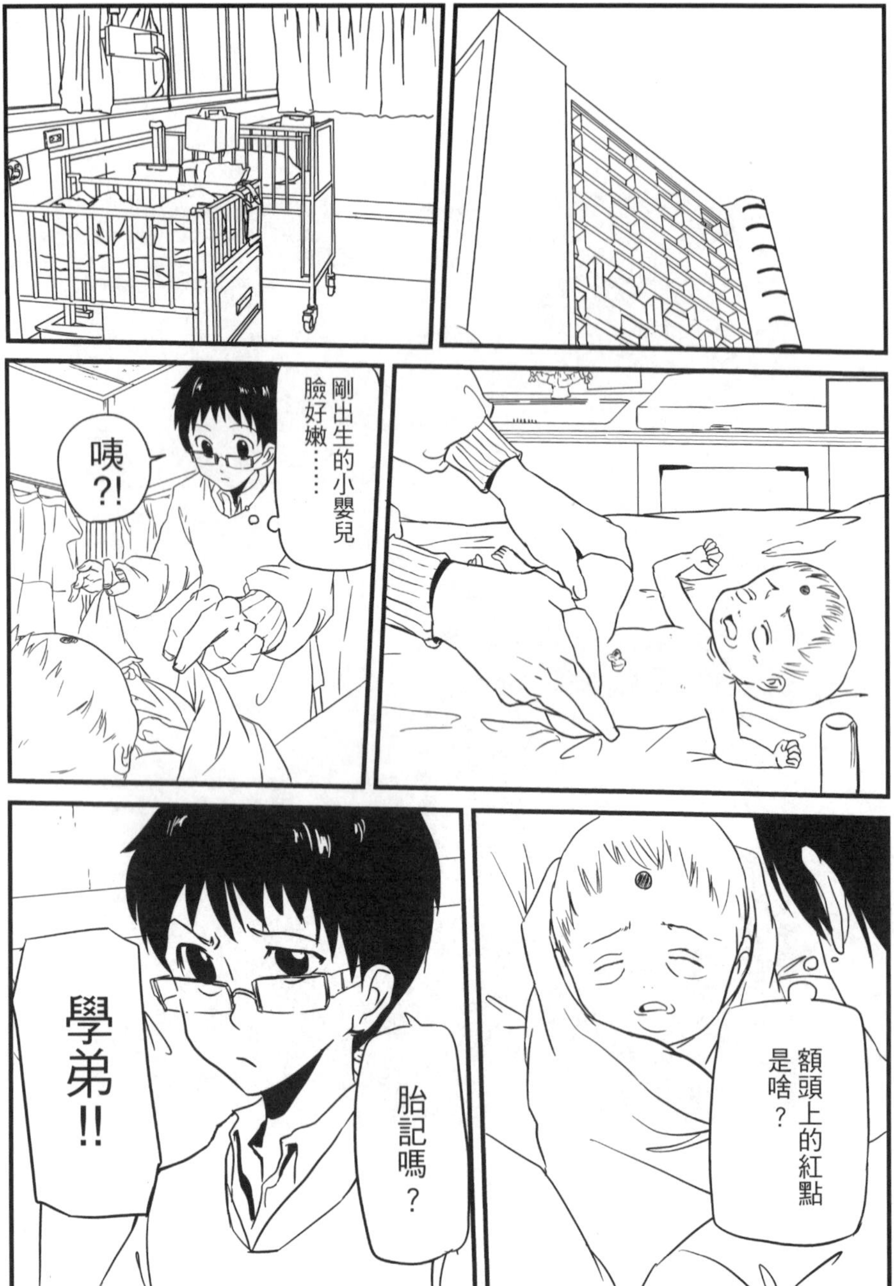

剛出生的小嬰兒
臉好嫩……
咦?!
額頭上的紅點
是啥?
胎記嗎?
學弟!!

新生兒身體檢查
做得如何？
應該沒有任何異
常吧？
嗯
我做的身體檢查都正常，先
天性反射也都有，可是……
他額頭上的紅點
不知道是什麼？

學姊，這應該不是生產時造成的傷吧？
嗯……這個……
只是血管瘤而已。
五歲左右就會開始消退了。
沒什麼事的話，
學弟你病歷打一打快回去，剩下的我處理就好。
快回去休息吧。

嗚！
學姊
我
我今天
感動
我今天晚上值班啊……
哈哈哈這樣啊
嗚哇哇啊
嗯？
餵奶時間到了嗎？
嗚啊啊哇哇

嘿咻
嗚啊
忘了穿無菌衣手沒消毒
哈哈哈！不要亂抓啦，哈哈！
咦？
噠？
噠什麼噠，為什麼我覺得你長得有點快？
噠噠♥
那是牙齒嗎？那是牙齒吧！真的有人一天就長出牙齒了啊
放肆！

欸？
講話了？
哇呀！
砰！
哈哈哈哈
好痛！
可惡！什麼東西啊？
在這裡！
在這裡啦！
無禮之徒！竟敢口出狂言！
呃？
這是啥？糟糕，我要從哪裡吐槽起才好？
娃娃!?

不對！應該先叫學姊來看看才對！
噠噠
嬰兒室
在這裡嗎？
嗯……
學姊！就是他！
嗯……
這樣啊
♫
我根本沒看到什麼東西啊學弟，你說他站在這上面？
需要幫你掛精神科門診嗎？
蛤?!
就在那啊！妳看他臉這麼跩
還綁雙馬尾忝不知恥
噠

靈氣低的人當然看不到我，也聽不到我說的話。
你這廝算是資質不錯。
可是學姊妳看！
這嬰兒一天就長到一歲大耶！
有牙齒喔！快看！
這點確實可疑，你先聽聽那東西解釋吧。
太好了晨會案例討論有著落了
你們兩個！
冷靜聽我說，你手裡的嬰兒不是普通的嬰兒。
他是
地藏王菩薩的轉世。
擁有開啟鬼門關的鑰匙，統領陰界的最高負責人，
四大菩薩之一，幽冥教主－地藏王。
地藏王的……轉世？

學姊！
小孩母親的狀況是？
生產時因為羊水栓塞，
今早已經死亡。
這不是你負責的病人嗎？
這樣不及格唷學弟！
哪這麼剛好！
這豈不是死無對證
你！
就是地藏王殿下選擇的人
什麼啊！
我只是剛好今天值班而已！
陽界（人界）就要毀滅了。
你少囉嗦，讓我把話說完。
地藏王殿下是從陰界逃出來的。
毀滅？逃出來？
什麼跟什麼？
他不是陰界的統治者嗎？
學弟學弟現在演到哪了？

陰界有十八層地獄，由十殿閻王分別統轄，審判人間罪業。
其中，居於十殿閻王之上，
便是地獄的主宰，地藏王菩薩殿下。
慈悲的地藏王菩薩立誓
地獄不空 誓不成佛
眾生渡盡 方證菩提
然而，第五殿閻王閻羅天子卻從來不服地藏王殿下的信念。

閻羅天子祕密組織大軍，趁地藏王本殿不備時攻擊，
企圖取得鬼門關鑰匙，以及地藏王殿下的陰界主宰權。
雖然第九殿的平等王曾出兵調停，仍無法阻止閻羅天子縝密的計畫與堅定的決心。
最後，地藏王殿下戰敗了，鬼門關受到嚴重損害。
我帶著地藏王殿下負傷的精神體逃離陰間，但追兵不斷出現。

途中，我中了閻羅天子設下的陷阱，
無常鎖！
雙耳因此被封印。
我乃神獸【諦聽】，侍奉地藏王殿下，擁有順風耳與讀心神力。
但我失去了地藏王殿下靈力支持，早已脆弱不堪，再加上無常鎖的封印，
我失去了神獸的模樣與神力。
幾乎失去意識的我，帶著地藏王殿下跌跌撞撞來到人間，
地藏王殿下選擇了這位本該胎死腹中的小孩。
閻羅天子失算了，他萬萬想不到地藏王殿下會帶著鑰匙逃到陽界，
因此閻羅天子仍無法掌管鬼門關，鑰匙依然在地藏王身上。
氣急敗壞的閻羅天子肯定會派兵來陽界，趕盡殺絕！

可是閻羅天子取得鬼門關鑰匙要做什麼？
他要解除鬼門關在陰界與陽界之間的屏障。
讓陰陽兩界門戶大開，
陰界的厲役、惡鬼、獄卒、業火將會佈滿人間，
自盤古開天以來的太極調和將會大亂，後果不堪設想！

鬼門關現在已經受到嚴重損壞，陰陽兩極的平衡
可能已經被打破。
驚
……
6969（緊急廣播）
美食生活廣場
需要急救人手，先過去一樓美食街看看吧！
這禮拜是小兒科輪值急救。
等等在路上，把你剛剛聽到的都說給我聽吧！
嗯，好！

Plaza 生活廣場
怎麼會這樣？
你有看到發生什麼事嗎？
她就突然倒下，然後變乾，就這樣了。
好噁心啊！

這是什麼？
糟了
是餓鬼道地獄的餓鬼，來抓替死鬼了。
餓鬼？
就是死後下地獄的人。
我之前曾經到陽界抓脫逃的餓鬼，有看過這種事。
他們專門找靈魂相似的活體附身，之後活體會化作乾屍，
肉體原本的主人會代替他們下地獄，
而他們會在他處，長成不具思考能力的屍骸，繼續攻擊活人，尋找替死鬼。

這些靈氣低下的餓鬼，從鬼門關損壞後的裂縫鑽了出來。
鬼門關就快失去功能了嗎……
我們快回地藏王殿下身邊！
接下來屍骸不知道會從哪裡出現啊！
還是嬰孩的地藏王殿下根本無法保護自己，
要是失去了地藏王殿下，就沒有人可以阻止閻羅天子了！

嬰兒室
太好了。
還好沒事。
總之，先逃離醫院吧！
地藏王殿下需要七天吸收大地之力，便可以恢復所有神力。
屆時，地藏王殿下就可以修復鬼門關，阻止閻羅天子！
這七天內，我們必須保護地藏王殿下！
七天……

轟轟
哇啊啊啊
轟轟轟轟
怎麼回事？
醫院亡者多，靈氣很濃，陰陽兩極恐怕會在這裡出現裂縫！
再這樣下去，不只餓鬼，會有更多東西出現啊！
……

學姊！
之後再說明，現在該做什麼？
我們先帶著地藏王逃離醫院吧！
好！
晚上醫院人少，電梯比較快。
嗯
沒有什麼辦法可以加快地藏王恢復神力嗎？
有！我記得有個地方，那是地藏王殿下的道場，鍾靈毓秀，是座寶山！
中國名峰：九華山。
在那裡，或許不用一天，地藏王殿下就能恢復以往神力。

中國！九華山！那麼遠的地方！
現在這個狀況要怎麼去啊？
！
學弟！
要去中國嗎？有辦法。
喂，你好，我是小兒科總醫師，我姓詹。
我們搭直升機過去吧。
用醫院專用直升機。
直升機！學姊威能啊！
電梯到了欸學姊

如何？直飛中國！
學姊！

是上樓的電梯！
快去啊！
嗚……
嗚啊啊啊
學弟！
快進電梯！
搭到十九樓後，
走儲藏室後面的樓梯上頂樓！
進電梯後，
再連絡一個你信得過的人來幫我！

快去啊！
本電梯停靠樓層
快點！
嗚嗚
電話……
學長……學長的電話
我記得他今天值班，應該在醫院。
嗚……喂？你在醫院嗎？

對！
快到九樓來，不要問這麼多，你不是有根球棒嗎？
你聽我說，那個……被屍骸……
被屍骸攻擊的人，
過不久也會變成屍骸啊……
嗚……
我……
我知道了啦！你不要一直講啦！
十九樓到了

嗚啊啊啊啊啊啊啊
快趴下啊！

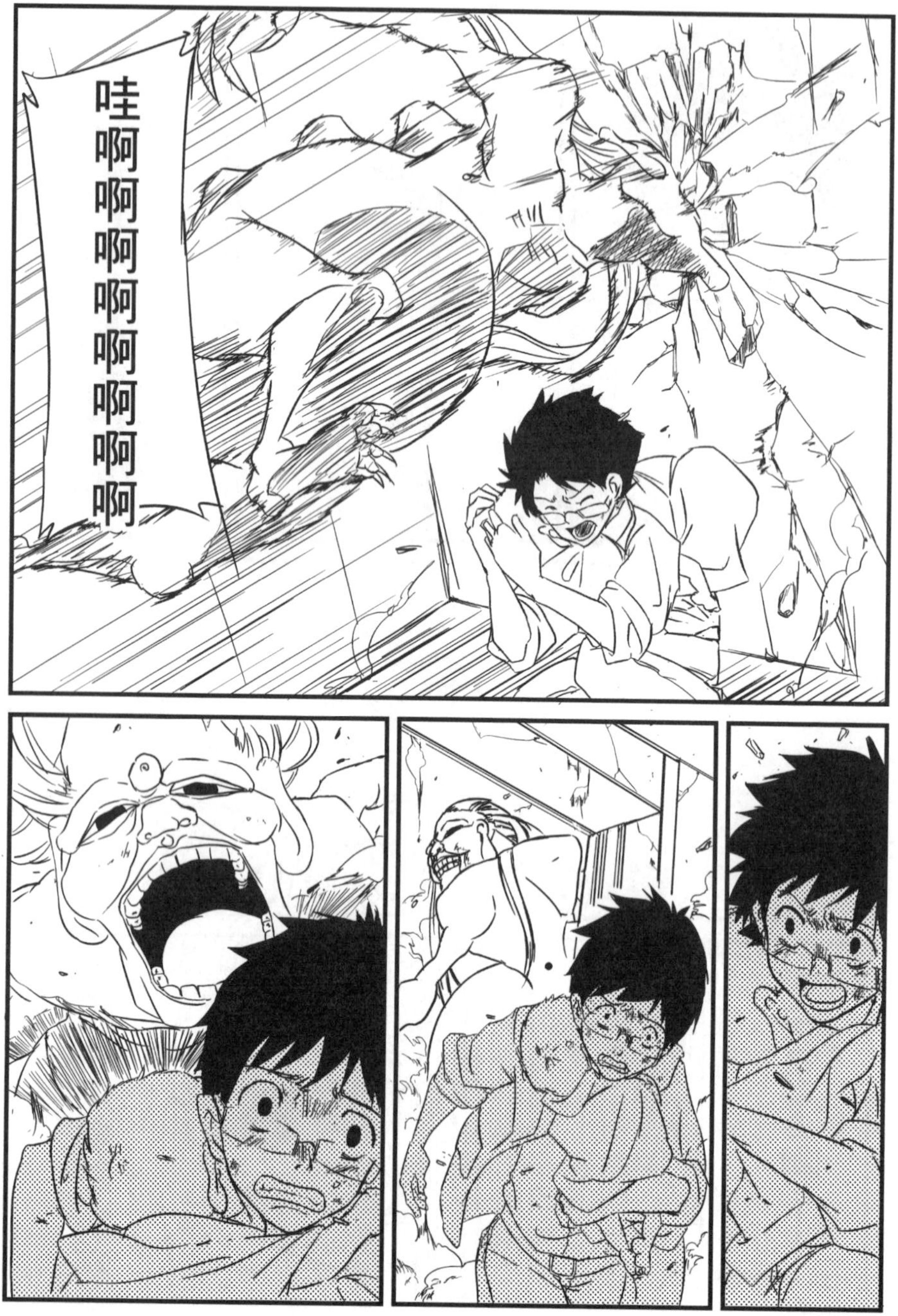
哇啊啊啊啊啊啊啊啊

啊啊啊啊啊啊

咦？
欸欸欸？
你怎麼變大了？
是啊，你們沒受傷吧？
看來是地藏王殿下恢復一定的神力了，
地藏王殿下恢復的速度或許正在加快啊。

哇！耳朵變大了！什麼時候……
又有其他餓鬼來了！
快帶地藏王殿下躲到我身後，
嘎啊啊啊啊啊
呀啊啊啊啊啊啊
通通給我

讓開！
嗒嗒嗒嗒
學弟！你沒事吧？
咦？
學姊！
呼呼
學弟你有沒有受傷啊？
學……

學姊妳沒事！太好了！
妳怎麼躲過那些怪物的？
用這個！
管灌亞素 Osmolite
超濃縮雙卡管灌亞素！
香草口味
營養不良、嚴重燒傷病人專用，250毫升就有600大卡
比雙層麥克還多
來個三、四罐似乎就能轉移他們的注意力，
看來他們真的很餓。
我已經連絡好直升機了。
唔……好！
嘎啊啊
可惡，又來了嗎？

學弟，你先上去！
嗯！
一直跑，不要回頭喔！
好！
快啊！
你們……
慢慢享用！

呼哈哈呼
哈……
唔……
呼……哈哈
到了！

直……
直升機……
直升機沒來啊！
嗚啊啊
啊啊啊
這……

鬼門關！
為什麼會在這裡出現！

是太極裂痕！鬼門關損壞了！
這樣下去會無法阻擋來自陰界的空間壓迫啊！
有什麼補救辦法嗎？
需要相當龐大的神力！恐怕唯有與地藏王菩薩並尊的四大菩薩，才有可能辦到！甚至需要始祖佛……大日如來啊！
四大菩薩……大日如來……
呀啊啊啊啊啊
嗚啊！
呀啊啊啊啊啊

地藏王怎麼了？
這是……
轟
啊
唔啊啊
啊啊啊……啊啊

唔……
諦聽？
快……
快帶地藏王殿下
逃走啊！
什麼？
閻羅天子
要來了！

快……
唰
唔……
唦

我們搭直升機過去吧。
搭到十九樓後，走儲藏室後面的樓梯上頂樓

直升機沒來啊！
學姊！

醫院的靈氣濃厚，最適合用來連結陰陽兩界。
我只要事前在頂樓刻下法陣，就能把鬼門關挪來。
接著就是觸發鬼門關的通道。通道裡不屬於陰或陽，沒有陰陽作媒介，法力就無法施展。
利用這點，正好可以封住地藏王，剛剛地藏王肯定是要施法，與鑰匙同歸於盡。
幸好我及時把祂鎖在鬼門關的通道裡，讓祂無法行動。
能隱藏到現在而不被地藏王發現，可真是萬幸。
鬼門關就在上頭，通道也準備好了，只剩鑰匙
不知道鑰匙在哪裡也無所謂，反正連人帶鑰匙送上鬼門關，我想照樣可以開門。

混帳！
離開地藏王殿下！
呵呵
呵呵呵
哈哈哈哈
哈哈哈哈哈
諦聽啊，
跟我說話的態度，

是這般無禮嗎？
我可是閻羅天子啊。
呼……哈啊
呵呵，話說回來，
這女人的精神體已經超乎人類水準了，
來陽界時，讓這精神體強制與我融合，讓我在陽界施展神力時更不受拘束。挑選容器時果然要嚴謹啊。
你……你這傢伙
你對學姊做了什麼！
我就是閻羅天子，他就是我，
我們是同一個人啊，學弟。

唔……
是說，諦聽啊，
原本我是想置你於死地，卻被你閃過了要害，
表示你早就在提防我，
是從什麼時候開始的？
……
我根本沒看到什麼東西啊學弟，你說他站在這上面？
需要幫你掛精神科門診嗎？
蛤！

雖然你說過看不到我，
但在最後上樓梯時，
卻是在我進門之後才關門，
從那時起，我才確信你在說謊，
還有太多
讓人起疑的地方，好像你故意洩漏一樣。
我不知道你為何要這麼做，
我

沒在一開始就瞧出端倪，採取行動，
當然難辭其咎。
這次，
我一定要擊敗你！
接招吧！
閻羅天子！
啊啊啊啊啊啊
轟

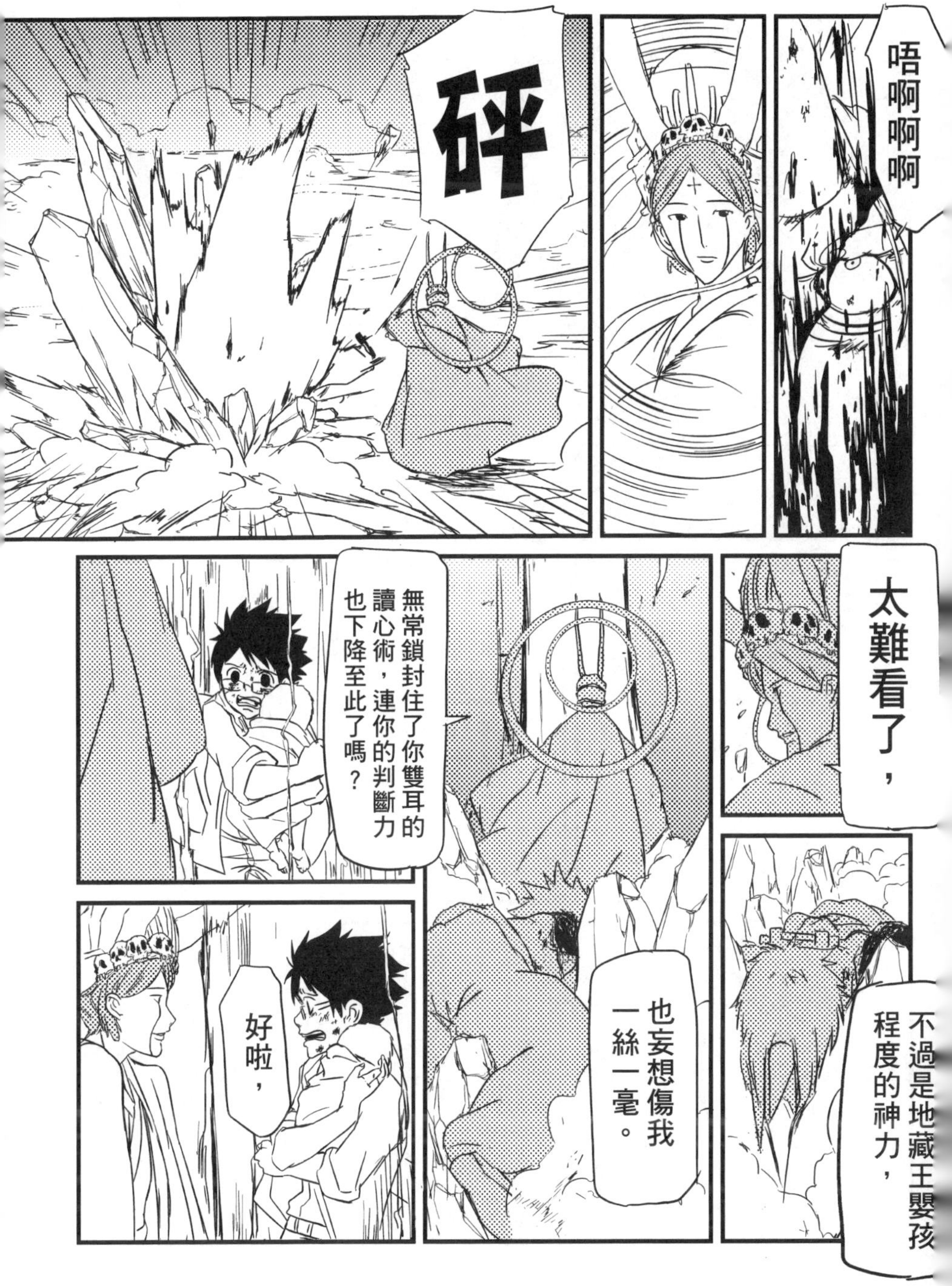
唔啊啊啊
砰
太難看了，
無常鎖封住了你雙耳的讀心術，連你的判斷力也下降至此了嗎？
不過是地藏王嬰孩程度的神力，
也妄想傷我一絲一毫。
好啦，

地藏王在通道裡無法施法，
鬼門關就在不遠的上空，
神獸諦聽已經奄奄一息，你們已經無法阻止我了。
快放手，送地藏王上去吧。
掙扎也只是浪費時間。
我從不認為你們有任何勝算啊。

聽話，乖乖放手。
什麼事的話
不要！
反正你說過，在通道裡無法施法，
如果地藏王如此，那你也是！
只要我永遠不放手，你也拿我沒輒！

聽好了，
我身後有兩具轉輪神器，
一為【孽鏡】，
一為【望鄉】，
孽鏡臺前證罪孽
望鄉臺前非故鄉
業障，才是一個人最大的敵人。
我根本不需要向通道內部施法，
只要用雙鏡映照
你好好看看自己吧！

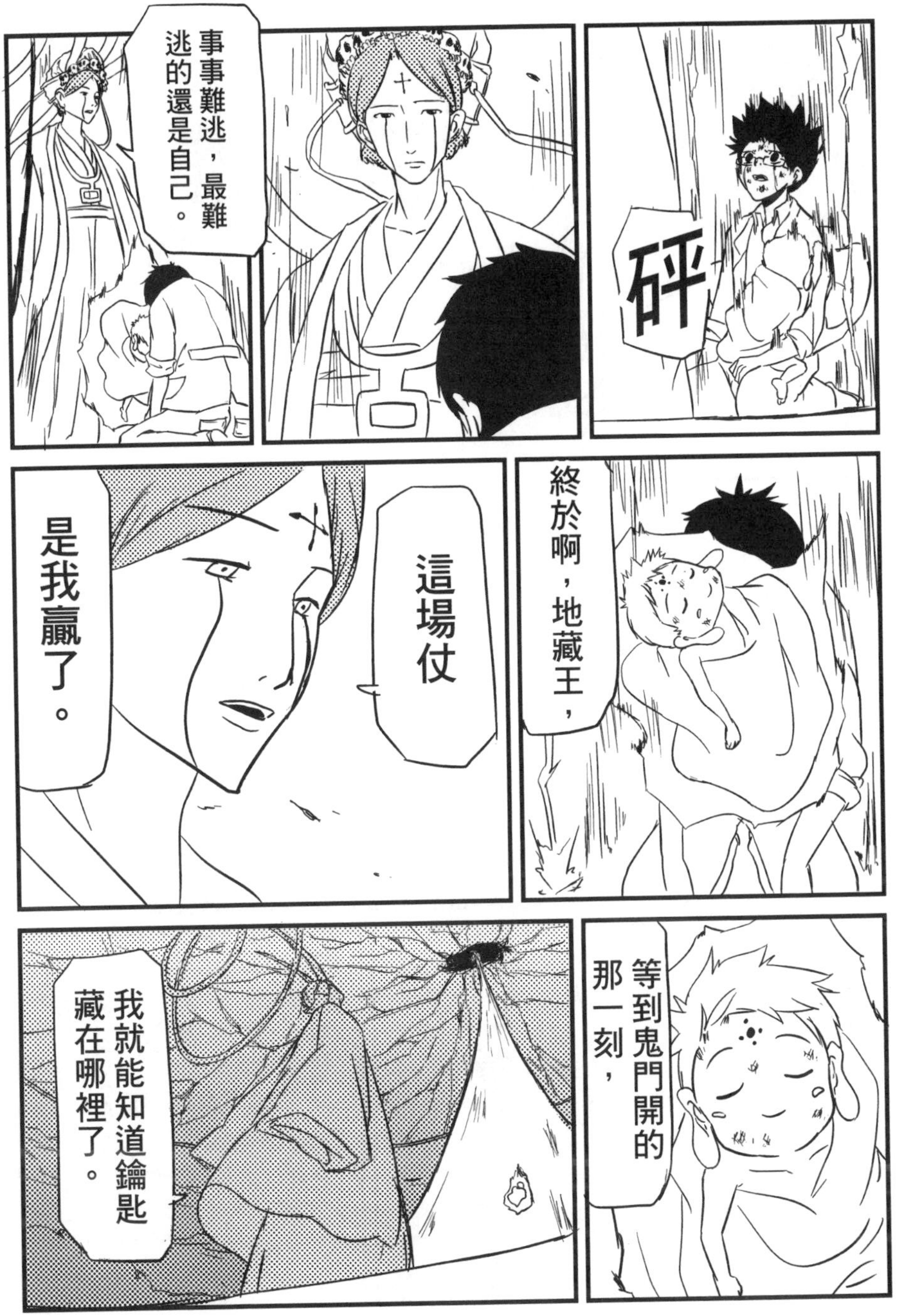
砰
事事難逃，最難逃的還是自己。
終於啊，地藏王，
這場仗
是我贏了。
等到鬼門開的那一刻，
我就能知道鑰匙藏在哪裡了。

轟
閻羅天子，
怎麼可能？
從哪來的神力？

我知道
為什麼你在陰界時就急著設陷阱，封印我的雙耳，
除了讀心術的能力太過難纏之外，
這雙耳朵的神力是獨立於地藏王殿下的神力支持之外，
地藏王殿下創造我時，將相當龐大的神力分離，並儲存起來變成這雙神耳。因此，擁有獨立神力的神耳並不會像我一樣，
會因為目前地藏王殿下神力耗弱而跟著變得弱小，
諦聽，你想說什麼？
被無常鎖鎖住的雙耳，
就是地藏王殿下留給我最後的希望，

現在神耳裡儲存的神力，等同於地藏王殿下全盛時期的威力。
你瘋了嗎？
不過身為十殿閻王之一的你，
怎麼可能抵抗四大菩薩地藏王的力量。
少虛張聲勢了，
你沒有無常鎖的鑰匙，
我更不可能幫你解開耳朵上的無常鎖！
誰要你幫我解開！

混帳！你想放棄神獸的身分嗎？
住口！
我乃神獸【諦聽】，侍奉地藏王殿下，
若不能保護地藏王殿下，
那我就什麼都不是了啊啊！

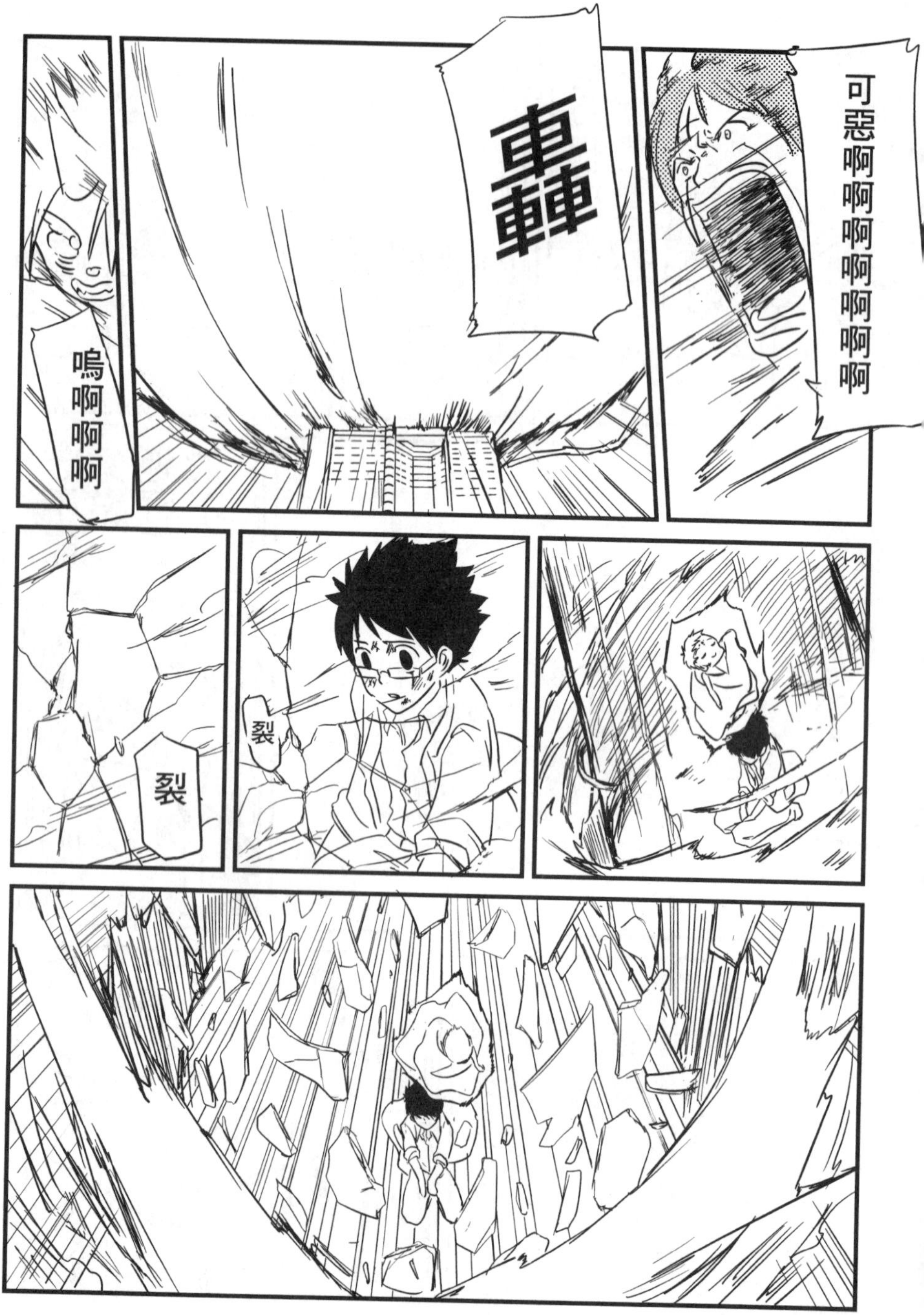
可惡啊啊啊啊啊啊啊啊
轟
嗚啊啊啊
裂
裂

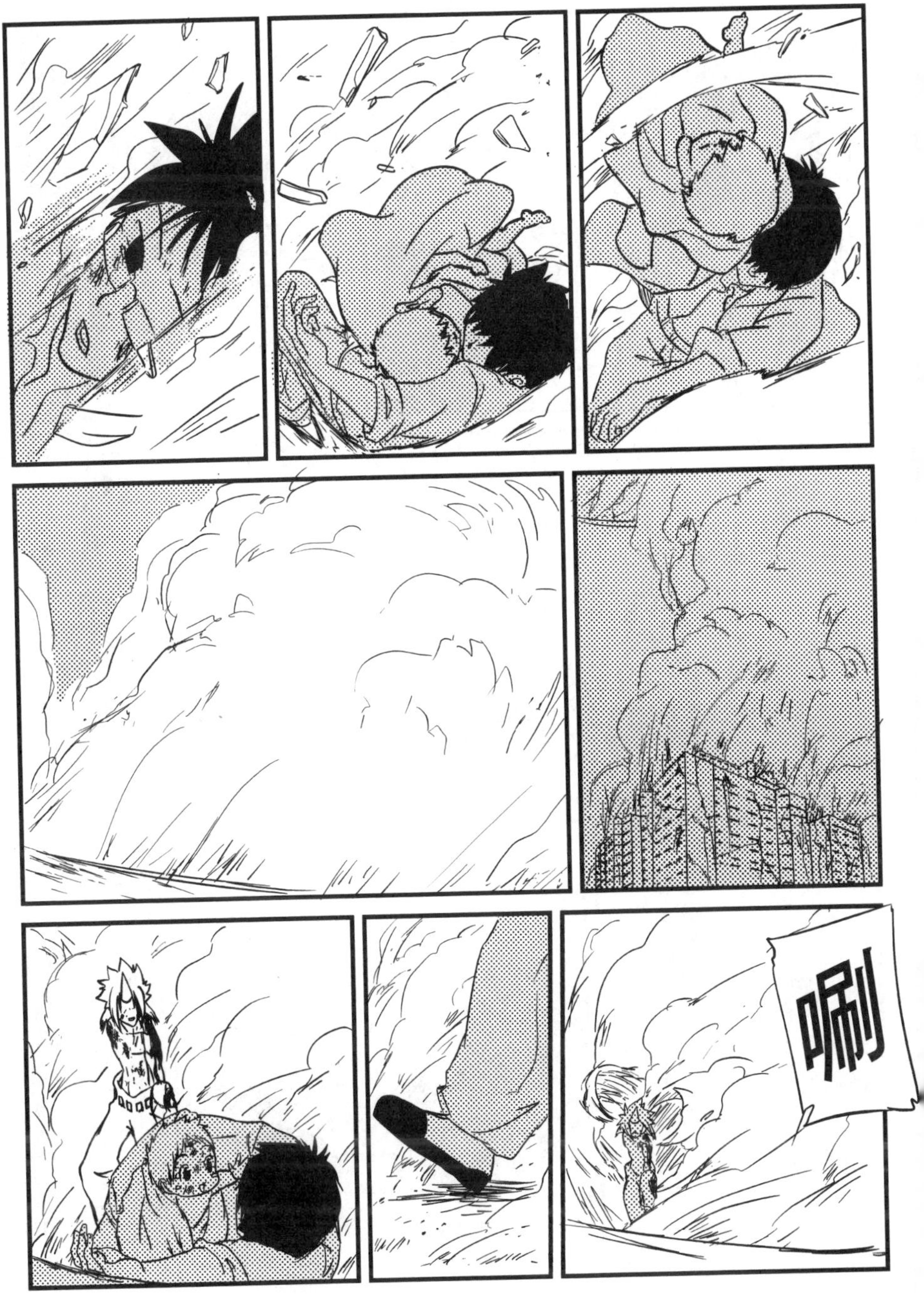
唰

因為觸發鬼門關通道的施術者倒下了，
所以通道瓦解了？
起床了啦♥
地藏王殿下……
糟了，神力全部耗盡，
鬼門關還在，
裂縫還在，
還得帶殿下
到九華山啊……
唔啊
砰

該死啊，
怎麼可能……
呼哈……哈
哈哈哈呼
啊啊啊啊啊啊啊
你竟然還留了這一手！

我要徹底宰了你們！
喂！
廢物！快醒醒啊！
快帶地藏王殿下逃走啊！
快啊！

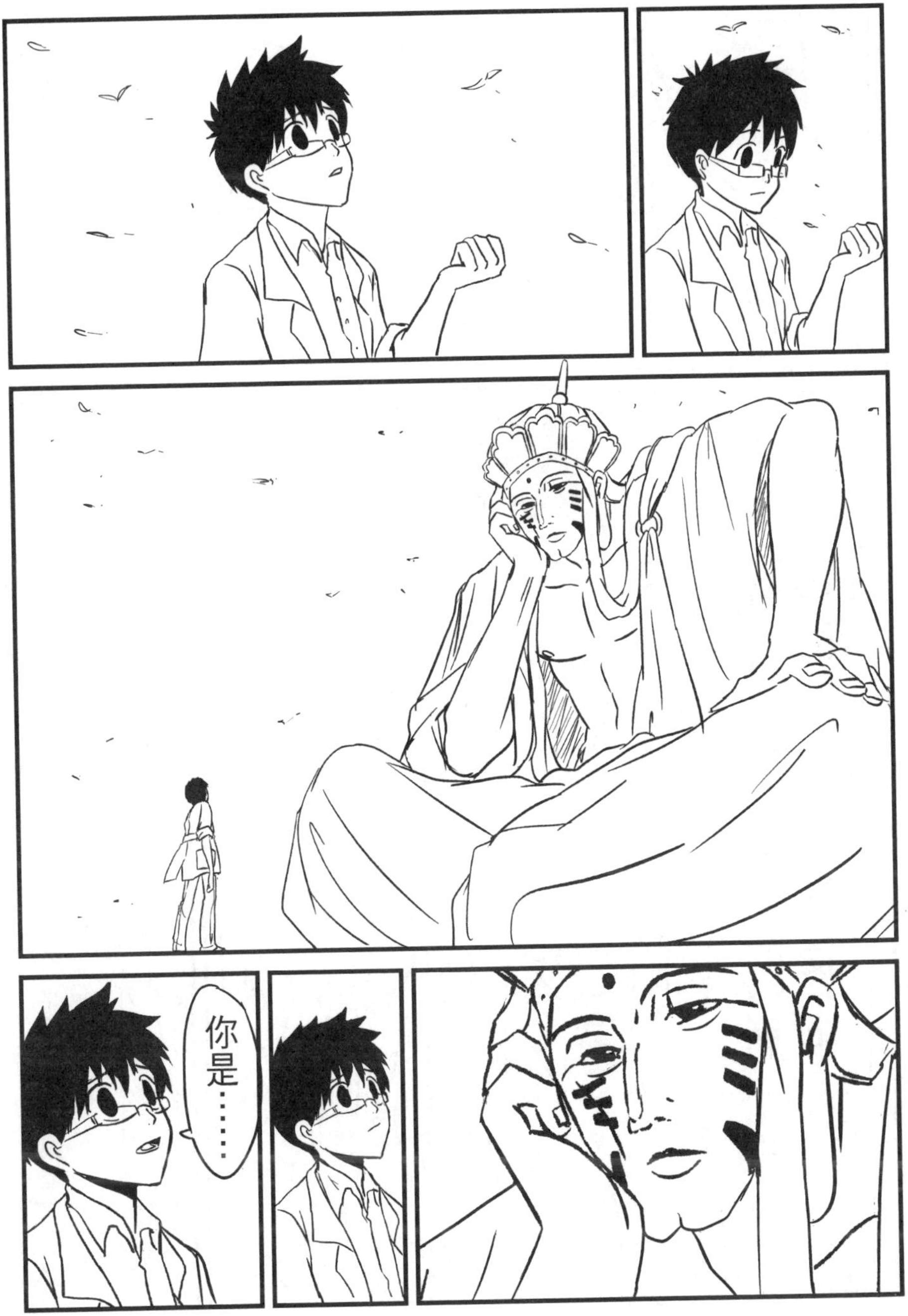
你是……

誰？
滑
喂
嗯……
你就是一直抱著我逃命的人嗎？
你好，我是地藏，
非常謝謝你一直保護我到現在，
不客氣。
……
是受到孽鏡與望鄉的影響嗎？
施主，不妨
將你的精神借我使用吧。

瘋狂的閻羅天子需要有人阻止他，
施主你的精神無比強大，
而且潔淨。
唔
若是
少騙我了！
你……
拜託……
拜託一下好嗎，
我已經……
我已經累了，
關於這一切，
不管是今晚，
還是活著什麼的，
其實我根本就

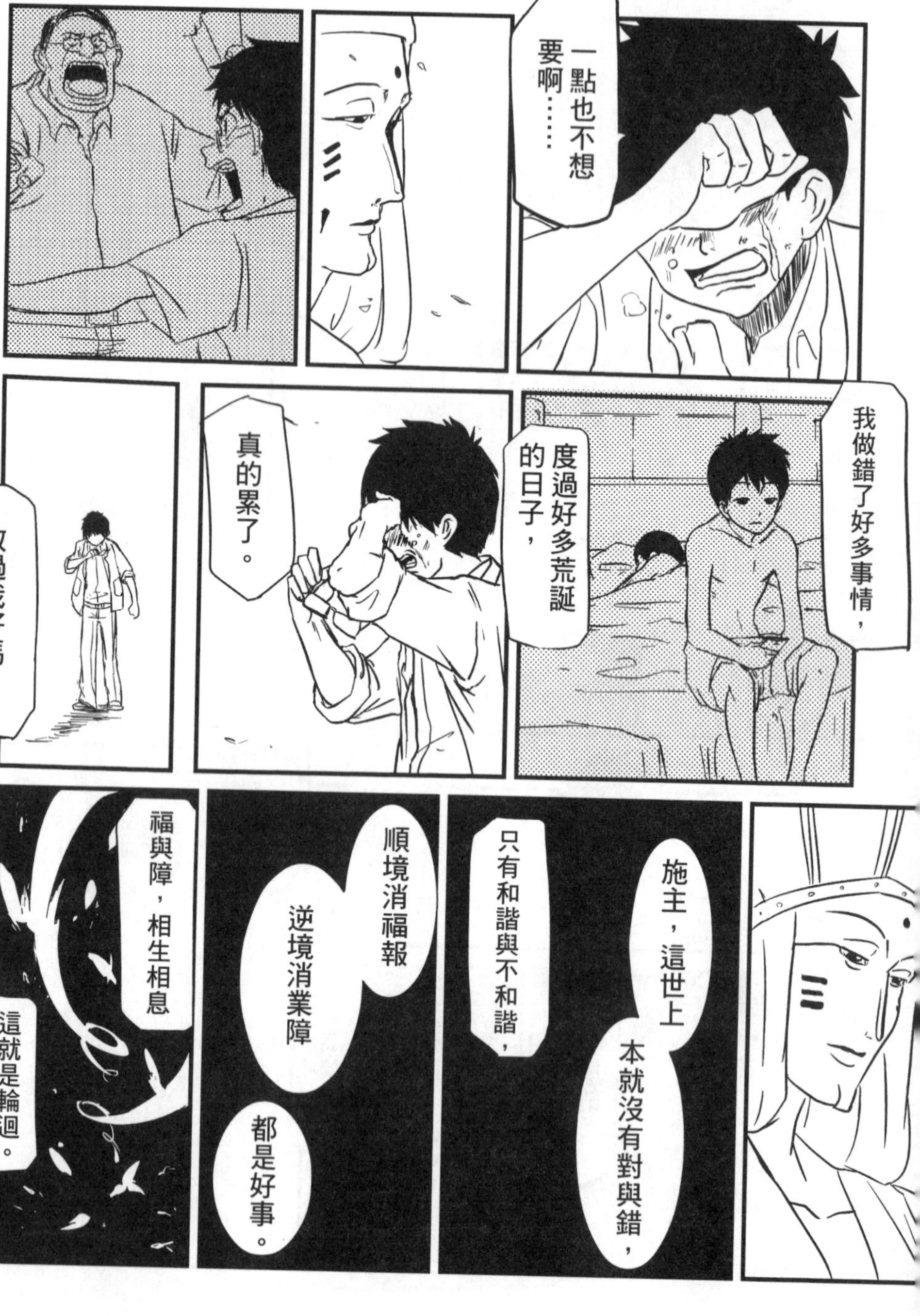
一點也不想要啊……
我做錯了好多事情，
度過好多荒誕的日子，
真的累了。
放過我好嗎？
施主，這世上
本就沒有對與錯，
只有和諧與不和諧，
順境消福報
逆境消業障
都是好事。
福與障，相生相息
這就是輪迴。

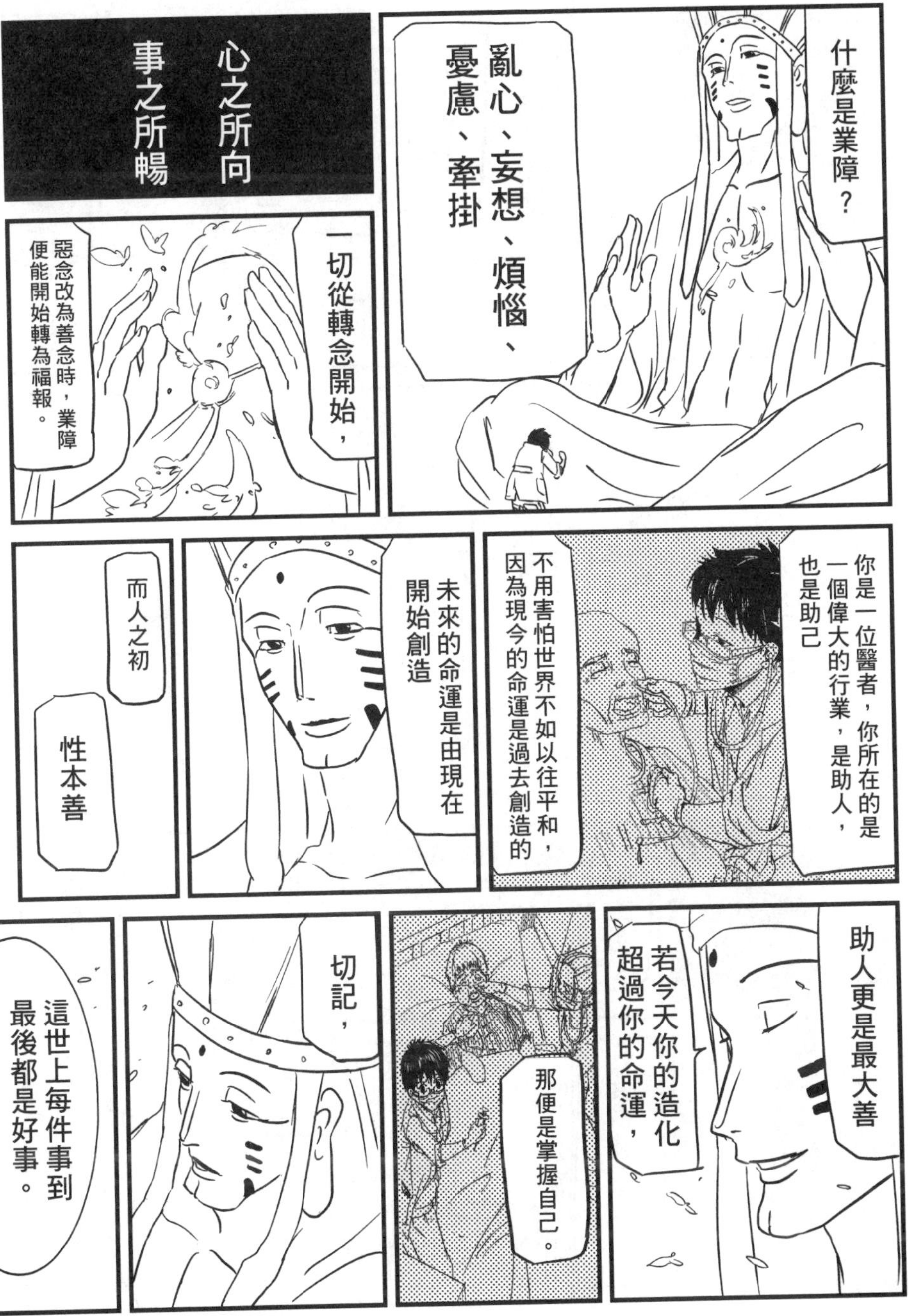
什麼是業障？
亂心、妄想、煩惱、憂慮、牽掛
心之所向 事之所暢
一切從轉念開始，
惡念改為善念時，業障便能開始轉為福報。
你是一位醫者，你所在的是一個偉大的行業，是助人，也是助己
不用害怕世界不如以往平和，因為現今的命運是過去創造的
未來的命運是由現在開始創造
而人之初
性本善
助人更是最大善
若今天你的造化超過你的命運，
那便是掌握自己。
切記，
這世上每件事到最後都是好事。

如果不是，
那只是因為你還沒走到最後啊。
嗯……
你因為害怕受傷，所以才會逞兇，
但心底其實是一個善良的人。
而這善良便是慈悲，
慈悲乃最偉大的力量。
施主啊，
願意借我力量嗎？
發誓六世輪迴皆以助人為業，

如此，我們皆能換得短暫卻完整的力量。
走吧！一起去教導閻羅天子
該如何愛人。
咦?!
唔啊啊啊
是地藏王殿下?!真的是地藏王殿下！
神力完全回復了！怎麼可能？

呀啊啊啊啊啊
地藏王啊啊啊啊
嗡缽羅末鄰陀寧，娑婆訶
轟吵

唔啊啊啊……啊啊……啊啊
放棄吧，你自己應該最明白，
就單挑而言，你是完全沒有勝算的。
因為你的心急和自負，
決定獨自追擊到陽界，
反而給了我反擊的機會。
地藏王……
可惡……可惡
可惡！
可惡啊啊啊啊啊啊啊
啊啊啊啊啊啊啊啊

諦聽。
地藏王殿下。
真的要好好謝謝你。
因為你犧牲了神耳，解放神力，所以通道才能瓦解，
我也才能施法轉移到其他精神容器。
幹得好！
摸頭
嗯！

還是這樣比較有派頭。
那當然！殿下。
最後……
哎呀呀
我說地藏啊，
咦？

咻
砰
喔！
普賢菩薩，你來啦！
真是的，部下鬧事也管不住，鬧到天界都要插手。
四大菩薩
普賢
大日如來的旨意已經下來了，我是來完成任務的。
那……文殊菩薩呢？
你也知道那傢伙是理論派的，
負責出張嘴，
很難請得動。
觀世音菩薩忙其他事情去了。
辛苦了

羅天子嗎？
整個天界都在討論你喔。
僅僅是陰界的事情，
鬧到天界也譁然，真有你的。
是說地藏啊，你一開始精神容器找個成人不就好了，
嬰兒多麻煩！
畢竟我當時從陰界逃出來時，神力所剩無幾，要借宿成人精神體根本不可能，
我也是回復到一定神力時，才進行轉移。
跳槽到其他公司去啊！
是吧…哈哈
你是白癡嗎？平常有在看連續劇齁。
但最大功臣還是這個精神體的主人，
因為他發誓六世輪迴行善，

所以我才能交換到非常短暫而完整的神力。
還好普賢菩薩你最後還是來了，其實我充沛的神力大概再過幾分鐘就會重新回到嬰兒狀態了。
根本神沒幾秒
什麼！
什麼！
你當我白癡會剛剛就跟你講這件事嗎？你不會真的以為我大復活了吧，小傻瓜！
地藏王你這個賤人！
其實，
我知道你一直很想管理鬼門關，並且插手陽界事務，可以告訴我為什麼嗎？

陽界的不公不義
已經到了臨界點，
官逼民反，
惡人當道
等到這些惡人來陰界受審判時，早已拉了一群善人陪葬，
善與惡嚴重失衡。
地藏王，
難道你忍受得了？

閻羅天子，
善惡自古以來從沒失衡過，只是此刻輪迴尚未走到終點，
嫉惡若仇是你的優點，也是你的缺點，
閻羅天子，你還太過年輕了，
甚至還沒看完這個世界這次的輪迴。
我們要做的，是協助他們走完輪迴，而不是插手他們的輪迴。
該來的絕對會來，惡會有惡報，善絕對會有善終。
如此生生不息循環。而現在你試圖要做的，是對輪迴最大的不敬啊。

時候快到了，這個借來的精神容器馬上就要還給原來的主人了。
普賢菩薩，大日如來的旨意是什麼呢？
其一，革除閻羅天子十殿閻羅的職位，謫入陽界。
不用了！
我要閻羅天子職位留下，我會自己去向大日如來求情。
但我要閻羅天子暫時留在陽界，
繼續當小兒科醫師。
蛤！這算什麼！
將功贖罪。
去幫助剛剛出世就必須承受先天性病痛的小孩。
協助他們，走完輪迴。
聽到了嗎？
嗯……

反正這個可憐的精神體被你強制融合，
要拆開恐怕有點困難，你就暫時留在陽界吧！
聽到了嗎？
聽到了！要問幾遍！我做就是了啦！
在找到安全分離的方法之前，你就好好在陽界休息吧。
嗯……
那這個小孩順便歸你養！
等等！這應該是地藏王你自己要負責的吧！
這是命令！
蛤！
我記得這位醫生她有結婚耶，竄改記憶不是你的獨門法術嗎？
喂！
終於，只剩鬼門關跟太極裂痕了。
不是吧！
還要修好這間醫院，沒被你們震垮真是奇蹟。

那是諦聽弄的！
諦聽你看看你，不乖！
話不是這樣說的吧！殿下
人類恐怕是連閃光都看不到，只看見整棟樓搖個不停！
要是上傳YOUTUBE，點擊率應該會很高。
總之，普賢菩薩，
幫個忙吧！把這個大傢伙修一修弄回去。
當然，這也是大日如來的旨意。
謝謝囉！

哇靠
我竟然在新生兒房睡到天亮，護理師好壞，都不叫我。
背好痛。
學弟！
嗯？
欸？
你該不會在新生兒房睡到天亮吧？
蠢欸你
沒有！我剛來！
查data、查data
學弟！晨會要開始了，快走吧！要是遲到被楊主任發現就完了。
喔喔！好！
欸！學姊！
幹嘛？

嘻嘻，沒事！
不知道為什麼，我覺得心情好好喔。學姊！晨會完請我吃早餐！
哪有學弟臉皮這麼厚！
吃屎比較快吧你！
THE END

Inkumon
2013.5

後記

這篇故事用宗教當成故事背景，而我剛見習完小兒科，又碰巧遇到很照顧我的學姊，於是人物跟背景都完成了。對於漫畫，我習慣考據，宗教這部分我下了很多功夫，當然也是因為可以一邊找資料、一邊找靈感。

裡面有句台詞：「這世上每件事都是好事，若不是，那只是因為你還沒走到最後。」這是來自電影《金盞花大酒店》，在電影裡被輕描淡寫帶過去的一句話，給了我很大的啟發。於是在〈小兒科〉裡用了很大的篇幅與情緒鋪陳給這句話，要說〈小兒科〉是以這句話而串起的故事也不為過。我畫畫時充滿了力量，希望看了這篇故事的你也充滿力量。

故事中的主角是我自身的投射，包括個性與過去。主角中了閻羅天子的招式時，陷入過去的回憶漩渦，都是我真實的過去。當初在決定是否將自己的過去畫進故事裡，掙扎了很久。很感動的是，當初我在網路上公開這篇漫畫時，我哥傳了訊息跟我說：「你克服了過去，你很勇敢。」我看到時眼淚掉下來了。我是個情緒勝過理性的人，過去曾經受過的種種衝擊，憤怒的、痛苦的、感動的，都會深深地刻在我腦裡。創作時，我會把那份衝擊搬出來，讓自己沉浸在情緒裡，讓很多靈感油然而生。這麼說來，情緒化根本是我畫畫的秘密武器吧（笑）。

每個人都有自己的悲傷過去，而悲傷是無法衡量的，但是如果藉由一次一次的悲傷，可以讓自己長大，那也沒什麼不好。我走了出來，然後創造這篇作品，希望你我一起長大。

有許多人問我是不是佛教徒，其實我不是。我也沒有要宣傳佛法的目的，只是順水推舟就畫下去了。有時候覺得，人與人之間好像越來越缺少愛。我只想說服大家，也說服自己，從自己開始當個好人；大家都是好人，不要蓄意傷害彼此，做做好事，大家都開心。不管怎樣，可以用漫畫把我想講的話講完，我很滿足，覺得自己好像漫畫家。漫畫裡面有很多不成熟的地方，希望十年後再回來看，不會羞愧而死（笑）。

美麗的天空

這位是我的母親
年輕而且美麗

可貴的是付出
可敬的是無私

我愛母親
謝謝您給我這麼多

謝謝您告訴我
最美的是心存善意
最美的是時時助人

在我心中
妳是最美的人

Tone・音調

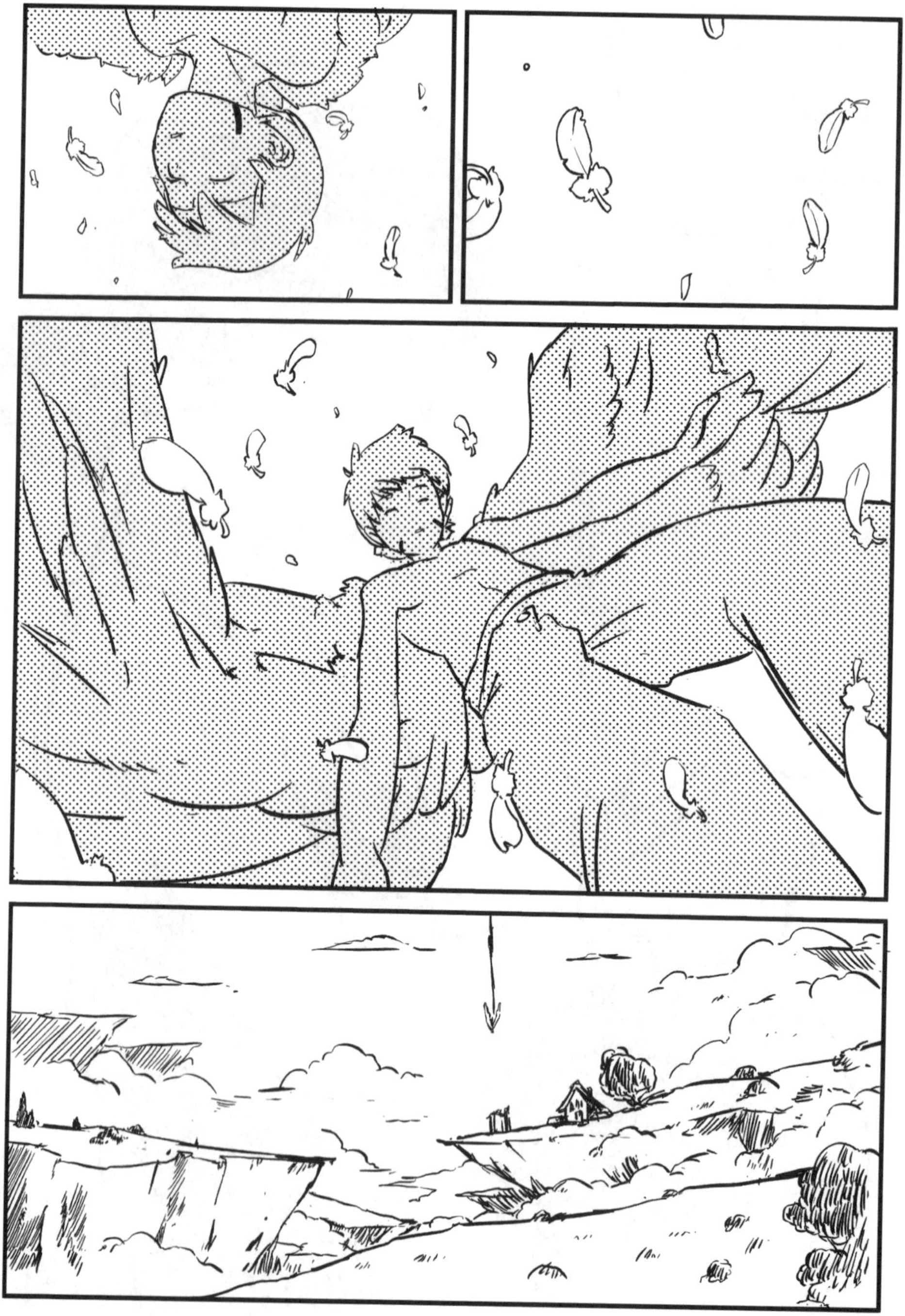

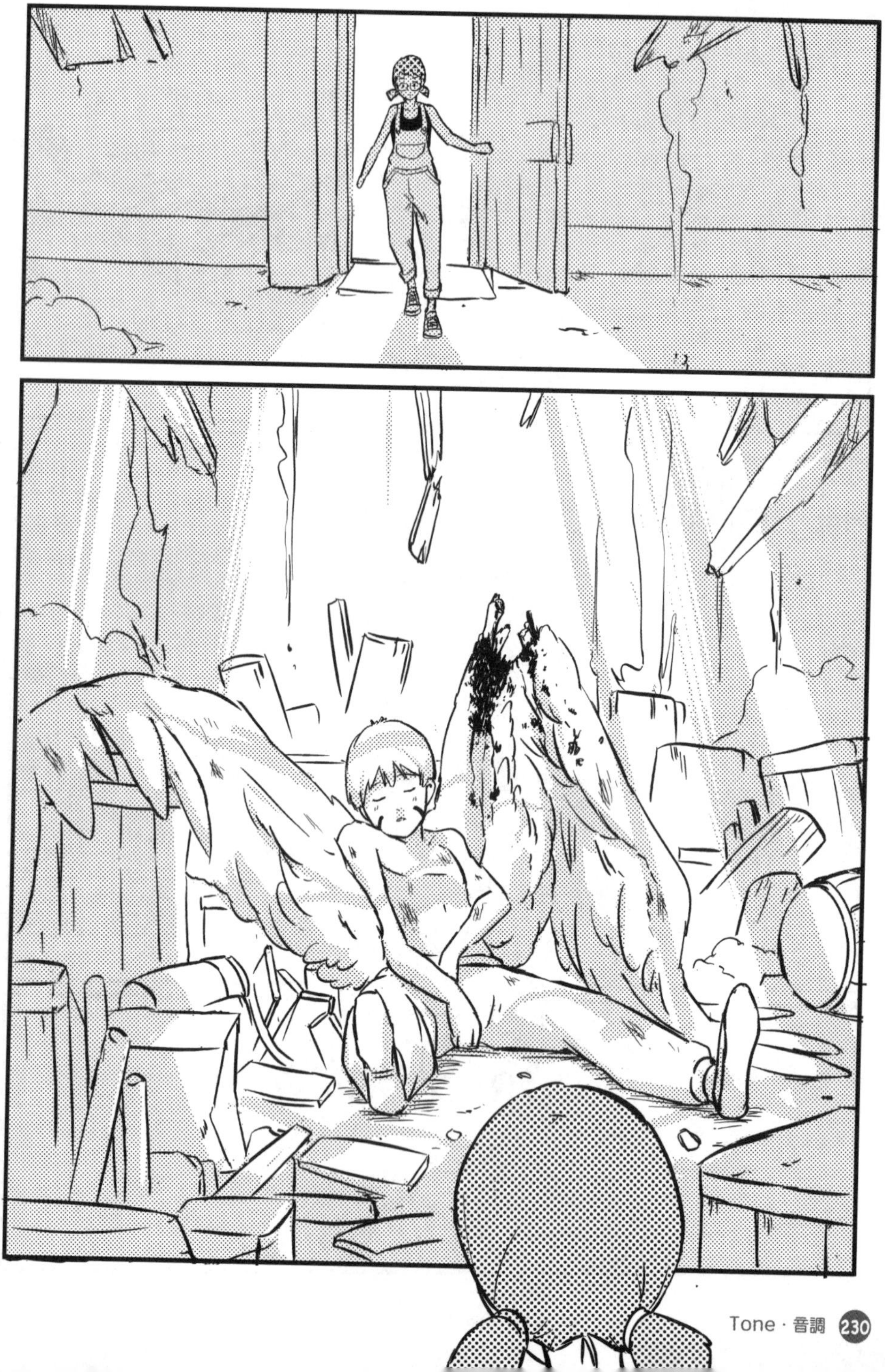

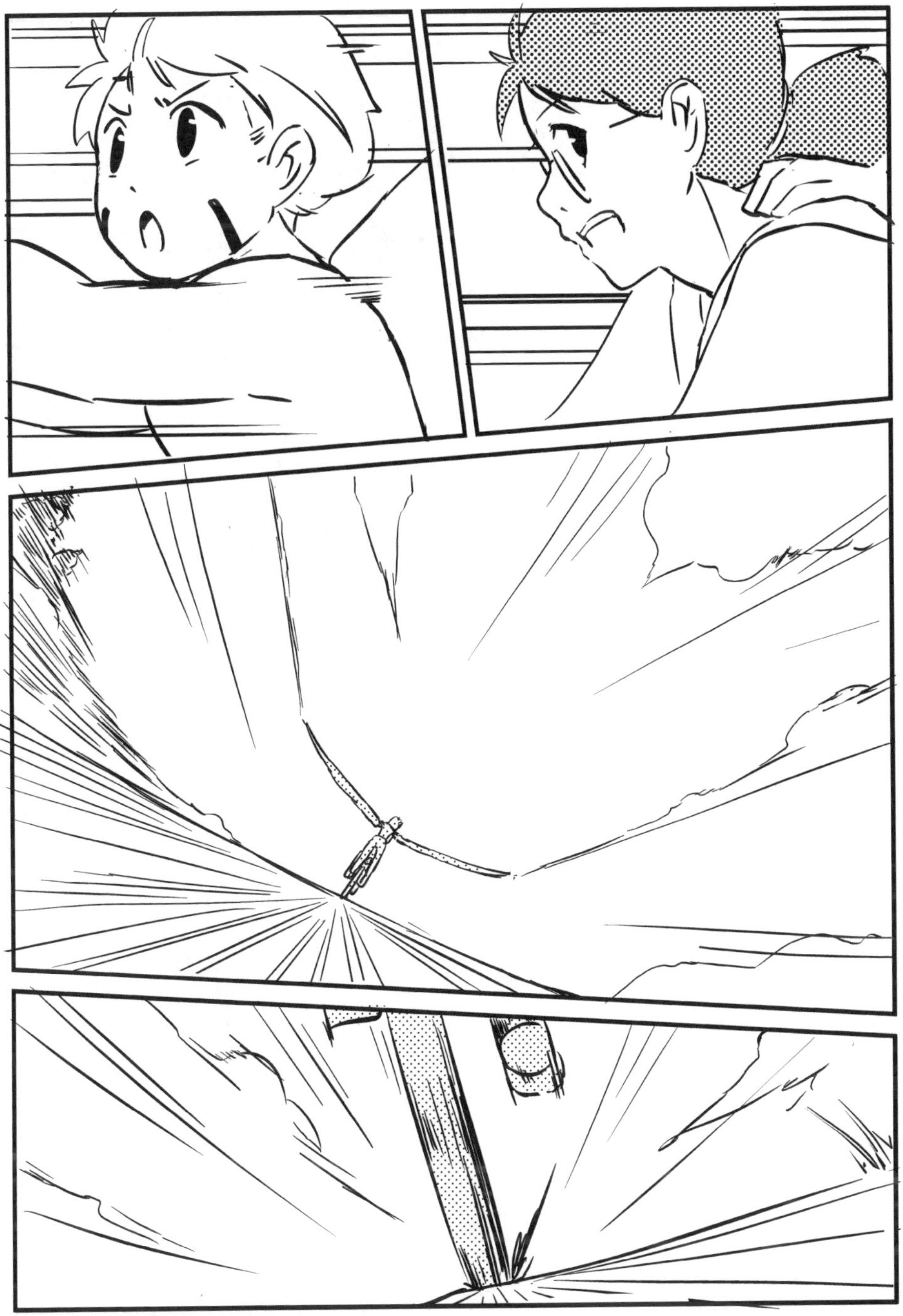

THE END

後記

這篇是在高二時完成的作品，當時很喜歡宮崎駿的作品，於是這篇作品中有很濃的吉卜力影子。過了八年後決定重製，希望能延續當時的感動。

莫麗

知道自己是多麼不盡人意
但還是渴求被吞下

行走在森林裡
莫麗正在尋找能夠包裹生命的
糖衣

那不是欺騙
你之後會知道我的好

行走在森林裡
莫麗最後回到她的家

為什麼沒有人要我

序

刺青哥是網路作品上意外走紅的人物。或許，大家對於 Boy's Love 感興趣之外，也對身分的懸殊感興趣。我不是一個特別外向的人，但很喜歡廣結善緣。喜歡跟不同領域的人當朋友，不是什麼為了拓展視野這種崇高的理想，只是覺得認識各式各樣的人很有趣，因為有趣所以喜歡一直相處。我特此畫出與刺青哥相遇的過程，還認真地跟現實中的刺青哥討論從小他對我的看法。沒有山盟海誓（？），沒有激烈的劇情。只有最真實的故事呈現給各位，算是回饋粉絲團裡網友對我作品的支持，真的很謝謝大家。

備註：為了保護當事人，堯其實是化名。
就像我的本名裡面沒有萌一樣哈哈。

刺青哥外傳

我記得你說過，
如果相遇是註定好的，

那你很慶幸我們是小時候就認識了。

那個……
閃閃
嗯？
我等一下可以跟你借這本
漫畫看嗎？
不要！
資優生走開！
家裡不准買漫畫
打掃時間
到囉！

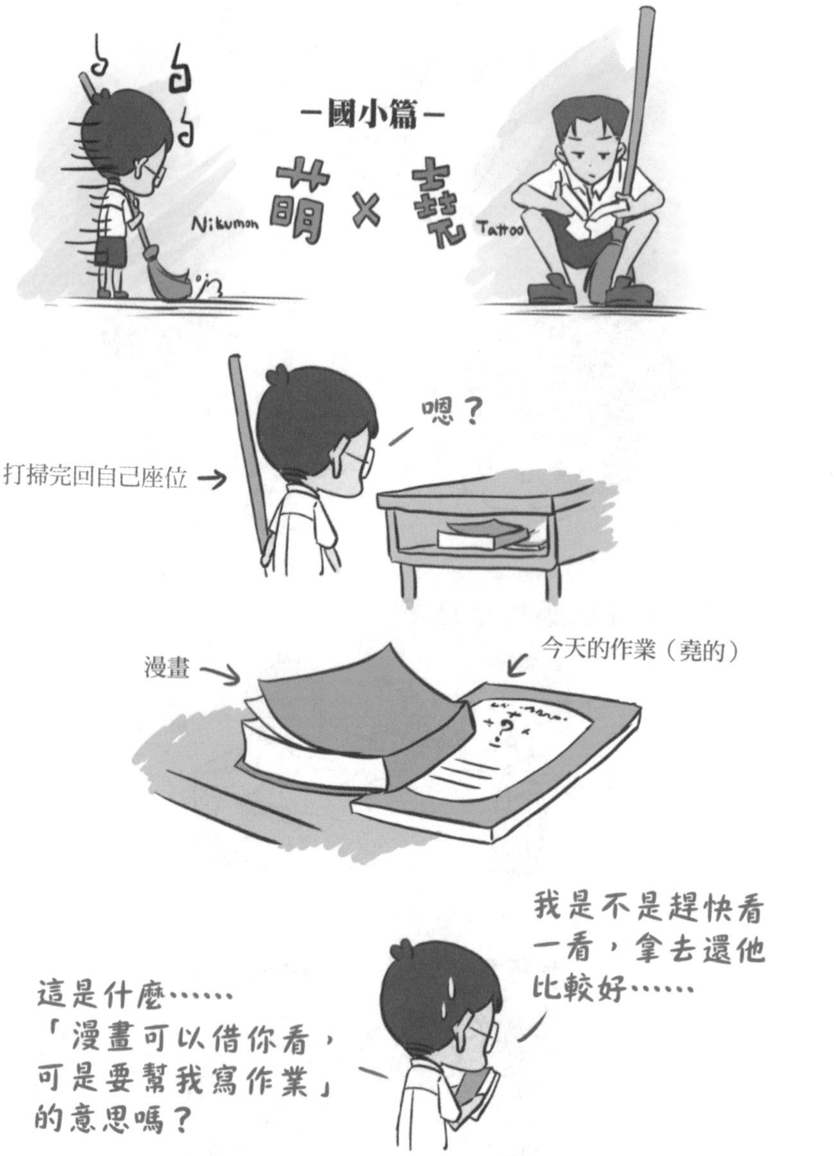

－國小篇－
Nikumon 萌 × 堯 Tattoo
嗯？
打掃完回自己座位
漫畫
今天的作業（堯的）
這是什麼……
「漫畫可以借你看，
可是要幫我寫作業」
的意思嗎？
我是不是趕快看
一看，拿去還他
比較好……

我……
我漫畫已經看完了……
換我攻啦！
快丟！快丟！
我超會躲！
場內就
只剩你一個……
碰！
啊……
紅腫
紅腫
欸欸……
對不起啦，
我又不是故
意的。
不要生氣啦。
走開。
不然我請你吃冰。
我……不要。

舔舔

明明很想吃冰……
以後要看漫畫可以來我家看啦，都我哥的，我不太看。
哪有！
家裡不准買零食
嗯。

「可是看一次，要幫我寫一次作業。」

「哪有這樣的啦！」

我什麼都不會，而你什麼都很好。

欸欸！
哈囉！
你不要假裝沒聽到啦！
（抽走講義）
你幹嘛！
等等有好料的，你要不要一起去？
我朋友拉我去的。有一個大哥剛出獄，
擺好多辦桌，可以吃免錢。
什麼東西啊？
拜託你不要跟那些人混好不好！
不去就算了，我先走啦！
堯×萌
Tattoo —國中篇— Nikumon

剛補習完，
回家路上
欸！？
醉醺醺
東倒
西歪
嗝
他們怎麼讓你喝酒！
未成年欸！
……
嗝

你……可不可以不要再去那種地方了？
不要，我要去。
他們說會給我工作，這樣我也可以出人頭地。
他們騙你的，你不要相信他們！
他們沒有騙我，嗝！
可是……
你不要一直囉嗦！
只有我可以管你，你不可以管我！嗝！
Are you understand?
呃……
嗝！
是 Do you understand……

後來我一直很想跟你說，
我找到自己的價值了，
不管你喜不喜歡。

不管你喜不喜歡……

鈴鈴♫
喂，你好。
嗯……
嗄？警察局？
呃……對……對啊。
好，我知道了，
我現在過去。
先生，不好意思，
他說他唯一可以聯絡
的人是你。
所以是在公園群眾鬥毆？
不好意思，那其他人呢？
都送醫
院了。
你……
Yo!!
我超強的吧！
所以，先生，
請問您是他的……？
Yo 你老木啦！！
欸欸，
我傷患欸！

而且我本來只是要去談判而已啊。
Tattoo
- Nikumon
－高中篇－
談判喔……
談屁啦！你們都說只是談判，談到把別人都打到送醫院喔！
欸！他們也有錯啊，都怪我喔！
是說，先生……你是親屬嗎？他說你是哥哥……
把他關起來！越久越好。
欸！那些人都是小時候喜歡欺負你的那群欸！我一看到是他們就火大！
……
如何？我幫你報仇啊。

而且你成績這麼好，以後當醫生，我要是受傷就交給你了，對吧？

對你個頭！浪費社會資源！
好啦！好啦！好啦！

「對了，你都沒發現我的新刺青！」

「不重要！」

現在的小孩都不聽大人講話的嗎……
一直被忽略→

曾幾何時，
在我沒有發現的時候，
或許你也沒發現，

時間開始重疊了……

我們一起分享快樂

一起日子一天一天過

可是啊，
我一直搞不懂
你在想什麼……

因為你總是走在前方，

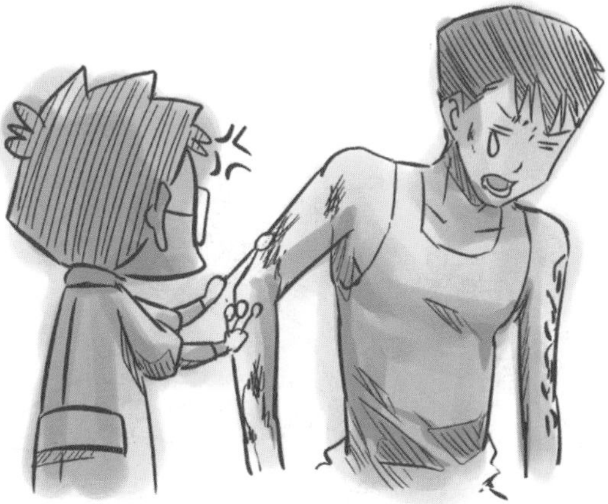

可是我很需要你啊。

雖然不知道你是否需要我，
可是我真的好想……

好想讓故事一直寫下去……

2015.3

醫生哪有這麼萌
Nikumon的實習生活全紀錄

作者　Nikumon
責任編輯　徐立妍
行銷企劃　高芸珮
美術設計　賴姵伶

發行人　王榮文
出版發行　遠流出版事業股份有限公司
地址　臺北市南昌路 2 段 81 號 6 樓
客服電話　02-2392-6899
傳真　02-2392-6658
郵撥　0189456-1
著作權顧問　蕭雄淋律師

2015 年 05 月 01 日　初版一刷
定價　新台幣 320 元（如有缺頁或破損，請寄回更換）

ISBN：987-957-32-7622-7
遠流博識網：http://www.ylib.com
E-mail： ylib@ylib.com

國家圖書館出版品預行編目(CIP)資料

醫生哪有這麼萌：Nikumon的實習生活全紀錄 / Nikumon圖.文.
-- 初版. -- 臺北市：遠流, 2015.05
面；　公分
ISBN 978-957-32-7622-7(平裝)

855　　　104005603